El té de las
PROGENITORAS

ELIZETH SCHLUK

EL TE DE LAS PROGENITORAS

Elizeth Schluk

Los personajes de esta obra son de ficción, cualquier similitud con la realidad es pura coincidencia.

www.elizethschluk.com

© Elizeth Schluk, 2018
ISBN: 978-1981181742

Queda prohibida cualquier forma de reproducción, transmisión o archivo en sistemas recuperables, sea para uso privado o público por medios mecánicos, electrónicos, fotocopiadoras, grabaciones o cualquier otro, total o parcial, del presente ejemplar, con o sin finalidad de lucro, sin la autorización expresa del Autor. La obra estará protegida en todo lo dispuesto en la ley 9739 y las disposiciones modificadas por la ley 17616.

EL TE DE LAS PROGENITORAS

Dedicatoria:

Para todas las personas que no consideran
la crianza de un hijo,
como la frustración de sus propios sueños.

Elizeth

EL TE DE LAS PROGENITORAS

Prólogo

Según la Real Academia Española **progenitor, ra** tiene los siguientes significados:
1. Pariente en línea recta ascendente de una persona.
2. Ser vivo que origina a otro.
3. El padre y la madre.

En las reuniones que mantuve previo a la redacción de este libro, confirmé que algunos padres, marcan claras diferencias entre ellos y los que definen como progenitores.

Fundamentan esa discrepancia argumentando con varios ejemplos, pero hay dos enunciados que repiten frecuentemente:
- La educación que le ofrecen a sus hijos más allá de la académica.
- El especial recaudo en fortalecer los afectos, buscando lograr un vínculo que no se resuma al de la concepción.

Argumentan que esa realidad se puede evidenciar cuando una pareja, con al menos un progenitor, comienza a transitar el camino del divorcio.

El niño queda inmerso en medio de una pelea entre las partes donde, uno de aquellos seres que lo trajeron al mundo con amor, transforma al otro en una persona despreciable, intentando inculcarle que él tenga el mismo sentimiento.

Comparto plenamente el concepto de que ser padre o madre abarca un espectro muy amplio y no puede simplificarse en concebir a un ser vivo.
Negarle a un niño su derecho a recibir afecto de uno de sus padres, encubre un acto violento.

La autora

Capítulo I

EL TE DE LAS PROGENITORAS

Parte I

Año 1948

Mientras en el mundo se propagaba la noticia concerniente a la flamante Declaración de los Derechos Humanos, en la sala de partos del hospital capitalino para personas de escasos recursos, fallece una joven de veinticuatro años.

Los intentos desesperados del personal especializado no lograron detener la hemorragia de esa débil mujer que, como un presagio, repitió hasta su último suspiro los nombres elegidos en caso de que fuera varón o niña.

Los funcionarios administrativos respetaron su deseo inscribiendo a la saludable bebé con el nombre de Carmela.

Ante la trágica circunstancia y la ausencia de familiares acompañándolas en ese momento, las autoridades procedieron con celeridad solicitando el apoyo de las mujeres de la Casa Cuna para asistir a la recién nacida.

Transcurrió menos de una hora del aviso a la institución cuando una de las responsables de ese lugar, arribó con otra, cuyo cabello recogido y aspecto fornido contrastaba con la delgadez de la primera.

Mientras ella se encargó de los papeleos inherentes a la bebé, la nodriza fue guiada de inmediato hasta el moisés de Carmela. Con la niña acurrucada entre sus brazos se instaló en una silla confortable, desabrochó los primeros botones de la vestimenta dejando su pecho al descubierto y le ofreció el alimento que, de inmediato, absorbió sin ningún inconveniente.

Dos agentes de la policía local se presentaron en la dirección escrita por la difunta en la ficha de admisión al nosocomio, esperanzados en obtener algún dato referido al paradero del padre o de algún pariente cercano.

Apenas un elegante pañuelo de seda negro Hermēs y una fotografía se destacaban entre lo que pudieron rescatar de aquella pieza olorosa que daba a un pasillo en la zona portuaria. Ellos no lograron identificar rastros que les ofrecieran datos de allegados a la difunta.

Los moradores de las demás habitaciones les indicaron que pocos días atrás ella había arrendado el lugar y prácticamente no la habían visto desde entonces.

Los hombres uniformados no necesitaron cerrar la puerta al salir pues, el encargado del lugar, esperaba que ambos se retiraran, con una escoba en una mano y en la otra un balde, dispuesto a acondicionar el lugar para el nuevo inquilino.

Esos efectos personales fueron agregados al bolso de mano y el documento de identidad con los que llegó al hospital, siendo las pocas pertenencias que acompañaron a la recién nacida a su nuevo destino.

Carmela fue recibida sin ningún inconveniente en la edificación pintada de color gris, erguida en la intersección de dos calles poco transitadas.

La infraestructura contaba con tres amplios salones: uno con cunas para los bebés abandonados y huérfanos, otro donde las embarazadas de escasos recursos recibían apoyo moral, sicológico y social. El siguiente estaba acondicionado con mecedoras, cambiadores y canastos repletos de juguetes. En este último, las nodrizas, algunas remuneradas y otras que colaboraban por caridad, se dedicaban con esmero a salvaguardar el bienestar y confort entregándoles el nutriente necesario para subsistir y todo el afecto que estaba a su alcance.

Conforme a lo estipulado por ley, el cadáver permaneció en la morgue durante tres días, esperando que alguna persona lo reclamara para darle su sepultura.

Lamentablemente nadie se presentó. Ella fue enterrada en una fosa común en el cementerio público y tal como lo indicaba el reglamento, ese procedimiento se registró en el libro de actas correspondiente.

En ese contexto, la estadía transitoria de la menor se prolongó hasta poco antes de cumplir su primer aniversario, momento en el cual la derivaron al sitio que sellaría su destino, a varios kilómetros de allí.

La pequeña ciudad del centro del país, donde los antiguos plátanos de frondoso follaje bordeaban las aceras esparcidos a escasos metros uno del otro, se transformó sin advertirlo, en una protagonista silenciosa de la vida de Carmela.

En el Hogar de la Divina Caridad las religiosas esperaron, sin perder la paciencia, el arribo del vehículo que transportó a la delegada de la Casa Cuna, la niña, la nodriza que mayor tiempo compartió junto ella y al chofer.

El automóvil recorrió el perímetro de la manzana ocupada en su totalidad con el grupo de edificios administrados por la congregación.

Transitaron frente al Convento, la Capilla, el Taller con los dormitorios para los estudiantes, los muros impenetrables ante la vista de cualquier curioso y estacionaron a poca distancia del cordón de la acera correspondiente al acceso del Hogar de Niños.

En cuanto el Chevrolet negro apagó su motor, la cortina de uno de los ventanales enrejados fue abierta lo suficiente con la intención de constatar el esperado arribo de los visitantes.

Casi en simultáneo la pesada puerta de madera crujió al abrirse y dos religiosas se acercaron al borde de la escalinata para recibirlos.

Una de ellas indicó al chofer el camino hasta la habitación que oficiaba de recepción mientras la otra, guio a las invitadas hacia el escritorio de Sor Guadalupe, la Madre Superiora.

La mujer asignada por la Casa Cuna como responsable para esa tarea, taconeó ansiosa por la galería de coloridas plantas florecidas y, unos pasos más atrás, la seguía la nodriza con la niña en brazos y el bolso con sus pertenencias colgando de su mano.

El despacho de Guadalupe, situado en la planta baja de la edificación, mantenía cerradas por completo, las cortinas de las ventanas que daban a la calle. La única luz provenía de la puerta de dos hojas, cuyos vidrios permitían visualizar un área del jardín central.

Luego de las presentaciones correspondientes dentro del recinto y ante la atenta mirada de la nodriza, el médico del Hogar examinó a Carmela asistido por una de las religiosas. Mientras la responsable del establecimiento revisaba la información entregada por funcionaria y registraba sus datos en el abultado libro de tapas de cuero negro con hojas amarillentas, la pequeña mostraba a los presentes, sus primeros pasos sin ayuda.

Esa institución ganó prestigio y renombrado reconocimiento social, como resultado de los buenos logros obtenidos por sus protegidos, generación tras generación.

Hasta cumplidos los doce años, sus pupilos eran acogidos en el sector infantil y llegada esa edad se los transfería a otro, dentro del mismo complejo, separado por un muro. Ahí residían y se preparaban en los talleres de oficios hasta egresar a los dieciocho años.

Desde ese lugar, con el dinero necesario para abastecerse durante el primer mes, partían los jóvenes en busca de su destino portando casi en su totalidad confecciones de sus propias creaciones: un prolijo traje o vestido, impecables calzados y la característica maleta de madera con sus iniciales talladas en una de las esquinas.

Valorando la excelente capacitación y apreciando especialmente los valores humanos con los que eran formados, el reclutamiento de los egresados se producía casi de inmediato por parte de los comercios e industrias locales y nacionales.

Esa condición de destaque del Hogar le trajo como corolario que también le dejaran anónimamente bebés nacidos en otras ciudades, incrementando cada poco tiempo, un nuevo niño al grupo de crianza bajo el resguardo de su dedicada congregación.

El grupo de benefactoras liderado por Raquel -una mujer de alcurnia- requirió de toda la creatividad posible al momento de organizar rifas y festivales para recaudar fondos, convirtiéndolas en actividades frecuentes de la plaza cercana al establecimiento. Los elegantes tés de damas que ofrecía personalmente en su lujosa residencia se sumaron a esos esfuerzos.

En el despacho decorado con pinturas enmarcadas en madera rústica, Guadalupe la recibía para los encuentros semanales. Los santos y vírgenes eran testigos silenciosos de sus conversaciones.

Una de esas tardes mientras ambas preparaban la lista de los materiales faltantes para las clases regulares, la Madre Superiora -como acostumbraba- le mostró la documentación de niños recién ingresados.

—¿De dónde llegó la niña? -le preguntó Raquel al advertir el único nombre femenino en los papeles.

—De la Casa Cuna. ¡Demos gracias al Señor que la han traído con nosotras! Su madre murió en el parto y no se logró dar con el paradero de sus familiares. Aparentemente vivía una vida pobre y solitaria, remarcó la mujer.

—¡Mi Dios! -atinó a decir Raquel con visible tristeza mientras escuchaba el relato.

—La entregaron con un bolso de ropa que dejamos para acondicionar, junto con esto -dijo la religiosa mientras vaciaba el contenido de un sobre, en el único espacio vacío de su escritorio.

Raquel, contempló el documento con la imagen de una mujer de cabello recogido y vestimenta prolija pero su mirada se detuvo en el nombre.

—¡Ave María! –exclamó Guadalupe al verla palidecer.

—No es nada, no se preocupe –atinó a decirle Raquel.

—Es el primer caso que se nos presenta en estas circunstancias -le dijo, mientras le entregaba un vaso con agua y una servilleta de tela para apoyarlo sobre la mesa.

La benefactora estaba acostumbrada a escuchar sobre las condiciones en las que arribaban los niños, pero, esa realidad la desbordó. Luego de beber unos sorbos escudriñó la fotografía en blanco y negro reconociendo a la mujer sentada. Con semblante feliz ella arropaba entre sus brazos a un bebé imposible de identificar por sus prendas si se trataba de un varón o una niña.

—¿Vio la dedicatoria? –le preguntó sin percibir que alimentaba la tristeza de la benefactora.

—Para mi amor –susurró Raquel al leer las palabras escritas en el reverso de la imagen.

—¡Aparentemente tenía otro hijo! De él no sabemos nada. No hay registros con su apellido, ¡ni siquiera un acta de nacimiento en los hospitales! Asumimos que murió, dijo aseverando la sospecha.

—¡Qué triste final! –sentenció Raquel compungida mientras su mirada se detenía en la marca del pañuelo de fina confección.

—No se preocupe señora, ¡la sacaremos adelante! –le remarcó Guadalupe con decisión, mientras retornaba los efectos personales a la foja de Carmela sin que la mujer recobrara el color en sus mejillas.

Parte II

Carmela compartió sus paseos y vivencias con otros niños que también ingresaron al Hogar siendo víctimas de diversas realidades familiares.

Aprovechando la oscuridad de la noche algunos de ellos fueron abandonados en ese lugar por la propia familia, dejados a través de una ventana lindante a la calle que funcionaba como "torno".

Por esa abertura que, invariablemente permanecía sin traba facilitando su acceso desde la acera, los bebés eran depositados en la cuna prolijamente aseada, en el interior de la edificación. Las religiosas solían realizar recorridos aleatorios con la precaución de turnarse para cerciorarse si estaba vacía u ocupada, debido a que en ciertas oportunidades las personas se retiraban con prisa para evitar ser reconocidas, olvidando tirar de la cuerda para alertarlas con el sonido de la campana.

Algunos de ellos aparecían junto a un papel con su nombre de pila escrito a mano y los que no querían ser identificados por su caligrafía, formaban el nombre con letras recortadas de periódicos. Otros optaban por una carta sin firma donde pedían que lo cuidaran o que Dios los perdonara por ese acto de abandono. En una ocasión dejaron un bebé con una medalla y un lazo en el pie y, al día siguiente se presentaron ante la Madre Superiora, arrepentidos, reclamando su devolución.

Considerando que lamentablemente en inusuales ocasiones coordinaban la entrega por parte de la madre, el padre o por medio de algún familiar, la regla de la institución dictaba que ninguno de los niños sería informado sobre su origen hasta alcanzar la mayoría de edad. Llegado ese momento, si así lo solicitaban, se les informaba certeramente en cuáles condiciones fueron ingresados.

Al ingresarlos en los libros de registro, en caso de desconocer el nombre completo de los pequeños, a diferencia de otros institutos, ellas le asignaban uno de los apellidos seleccionando de una lista previamente armada.

Evitaban los característicos "De la Iglesia", "Expósito", "Puerta", así en el futuro, la sociedad no los estigmatizaría al asociarlos con su procedencia.

El día que Carmela presenció a dos varones de mayor edad, pelearse usando "expósito" como apodo, aprendió que el significado de esa palabra les provocaba enfado. Los observó darse puñetazos sin desistir de los golpes hasta ser reprendidos por una religiosa que de inmediato los condujo hacia un banco cercano.

Ellos conversaron, luego se dieron un abrazo y regresaron a jugar juntos, contemplados por la mujer, satisfecha con el resultado obtenido.

En ese lugar, la inocencia de los niños alimentaba sus deseos de haber sido entregados personalmente y, si bien era un tema que no los atormentaba, ninguno de ellos quería pertenecer al otro grupo.

Desde temprana edad ella aprendió a darle forma a sus primeros garabatos transformándolos en palabras y números en las hojas de papel apoyadas en los pupitres de madera.

La Madre Superiora, de vez en cuando, supervisaba el gran salón donde se disponían largas mesas con bancos de igual extensión y un mesón delante de la cocina por donde salían platos humeantes de caldos con pollo, vegetales hervidos, panes crocantes y frutas como postre.

Las recámaras de las niñas se enfrentaban al final del pasillo con las de los varones. Antes de dormir, los cuentos narrados por las religiosas se escuchaban en esas amplias habitaciones de techos altos, abarrotadas de tantas camas como fuese posible acomodar.

Durante el día era habitual encontrar a Carmela en el patio central jugando bajo la sombra del frondoso árbol de jacarandá o armando ramilletes con las flores blancas de la aromática anacahuita.

Su sonrisa contagiosa y pícaras travesuras calaron profundo en el corazón de las mujeres de la congregación, incluso cuando en la capilla, su chillona pero afinada voz la destacaba desde su banqueta, entonando las letras a la par del coro situado junto al altar.

Cuando todos los niños eran citados al parque central, delimitado por corredores de baldosas ajedrezadas, ellos sabían que alguna familia acudiría. Los visitantes se sentaban en las sillas de las galerías observando sus comportamientos, a través de las grandes arcadas con columnas, mientras ellos corrían detrás de los balones, galopaban en los improvisados caballos de madera, bailaban al ritmo de los cánticos de las rondas y competían con los baleros.

Los juegos colectivos no estaban ajenos a la participación de algunas religiosas y se mezclaban jugando al "*pasará...pasará, pero el último quedará*", "*a la víbora de la mar...*" o "*juguemos en el bosque...*".

Las mencionadas visitas eran relevantes en el proceso de adopción, especialmente para esa congregación que, fundamentaba el éxito de sus logros a su cuidadoso mecanismo de elección mutua perfeccionado con tantos años de experiencia.

Aunque algunas personas se acercaban buscando infantes con una conducta en particular y otros con el aspecto físico similar al de ellos, también estaban los que llegaban con la esperanza de empatizar naturalmente.

En las entrevistas previas con los aspirantes, Guadalupe los interiorizaba en lo que implicaba la adopción, contándoles historias de esas situaciones que se remontaban a la antigüedad, cuando los matrimonios la utilizaban con el fin de perpetuar su linaje ante la infertilidad en la pareja y en otras civilizaciones con el objetivo de preservar los bienes hereditarios. Eso que comenzó como un acto privado entre partes se reguló en la Mesopotamia con el Código de Hammurabi.

La mujer les hacía el relato con la expectativa de ayudarlos en ese proceso que, aún sin motivo, lo vivían casi como algo clandestino solicitando no ser vistos por ninguna de las otras familias, obligándolas a coordinar cuidadosamente las agendas de visitas.

Durante esas reuniones, Guadalupe escudriñaba con esmero, preguntando y analizando cada respuesta, afanosa en conocer el real motivo que acercaba a los aspirantes, buscando seleccionar idóneos futuros padres adoptivos.

Carmela era la más arisca a esos encuentros y prefería esconderse para contemplar a los extraños desde lejos. Si bien ella fue solicitada en dos oportunidades, el recaudo de que la afinidad estuviera presente desestimó ambas peticiones.

Esa conexión especial, tan ansiada por la congregación, sucedió cuando algunas de las fieles integrantes vieron a la niña acercarse naturalmente a la solitaria mujer vestida de riguroso color negro que, emocionada miraba el parque repleto de niños. Al cabo de pocos minutos ambas estaban sentadas, riendo y conversando animadas ajenas a lo acontecido en su alrededor.

Cuando terminó el horario pactado, las monjas, controlando el entusiasmo al percibir el nexo entre ambas, le transmitieron lo ocurrido a la Madre Superiora. Al día siguiente ella se reunió con Raquel para que la ayudara a corroborar las virtudes, aptitudes, documentación y referencias personales de aquella mujer decidida a adoptar a Carmela.

Luego de realizarle una entrevista exhaustiva, concluyeron que esa mujer cumplía con todos los requisitos.

EL TE DE LAS PROGENITORAS

Parte III

Con convicción y respetando el deseo intuitivo de la niña, Guadalupe asintió en confiar a Carmela a aquella mujer a la que la naturaleza le negó concebir un hijo y que nunca pudo sobrellevar la temprana muerte de su amor, optando por vivir el resto de su vida sin un hombre a su lado.

Apreciada por la vecindad, esa excelente modista y bordadora, ofrecía a la niña algunas comodidades extras, pero fundamentalmente valores y afectos garantizando una base sólida para su desarrollo emocional.

En la mañana que Sara llegó al Hogar para buscarla, Carmela se había peinado y vestido sin ayuda. Lo aprendían desde temprana edad, no por obligación, sino por sentirse independientes. Después de abrazar a sus compañeras corrió por los pasillos agitando sus dos trenzas de mechones claros hacia la mujer que extendiendo sus brazos la llamaba por su nombre.

La niña la rodeó con sus brazos con tanto ímpetu que la tambaleó. Eso provocó la risa de Guadalupe sonriendo complacida por la elección mientras contemplaba la escena.

Ella tenía seis años y Sara, delatando algunas canas, rondaba los cincuenta años.

Tomadas de la mano atravesaron el umbral enmarcado por gruesas vigas y emprendieron la marcha con sus corazones colmados de alegría.

A las pocas cuadras de ese lugar doblaron una esquina y Sara le señaló la vivienda de ladrillo pintado de color blanco detrás de un muro bajito que daba sobre la acera.

La vecindad contuvo su curiosidad, incluso la pareja de ancianos que habitualmente pasaba largas horas sentada en las confortables sillas de cuero y hierro con forma de mariposa. Todos respetaron ese momento privado y se limitaron a observarlas detrás de las cortinas de sus hogares.

Carmela, con su mirada infantil y la emoción del momento, percibió el recorrido entre la acera y la puerta de ingreso como si las dimensiones de aquel pequeño jardín se tratasen de un parque majestuoso.

En el interior del inmueble, la pulcritud y el aroma a limpio le restó importancia al desgastado mobiliario y las descascaradas paredes, delatando tonos pasteles debajo del blanco.

La mesa de madera de la cocina vestía un mantel de puntillas añejado por el uso y un frasco de vidrio con flores artesanales de papeles crepé, formando un ramillete de tonos multicolores.

En el dormitorio decorado por Sara para la niña, se podía apreciar uno de sus libros de cuentos preferidos, apoyado en la mesa de noche junto a la veladora: "Platero y yo". Sobre la cama cubierta por una manta confeccionada con cuadrados realizados con ganchillo de crochet, descansaba una muñeca de tela de patas largas y cara redonda.

Con ella entre sus brazos le prometió a su *mami* -como le decía a Sara- conservarla "hasta el infinito".

***

Sin ninguna dificultad para relacionarse, Carmela rápidamente se mezcló con los chicos del barrio, colmada de afecto y rodeada por un vecindario cálido y solidario.

Desde su nuevo hogar solía correr a jugar con los demás niños, vestida impecable con las prendas que Sara, aprovechando los restos de géneros que sus clientes le dejaban de regalo, le confeccionaba en su máquina de coser.

Sus dos trenzas frecuentaban revoloteando en el parque infantil mientras su *mami*, conversaba con otras y la miraba de reojo tejiendo en dos agujas.

Los momentos vividos en su infancia y adolescencia los atesoró por siempre, como el día que ambas se prepararon para asistir al primer día de colegio, Sara con un ramillete de lavandas en el prendedor de la solapa de su blusa y Carmela uno pequeño, decorando el cabello.

Las maestras del colegio elogiaban la simpatía de la niña que conquistaba el corazón de todos los que se le acercaban.

Habilidosa con sus manos aprendió con destreza los usos del crochet y, ni bien superó los primeros obstáculos con las agujas e hilos de bordar se destacó en diseños personalizados de servilletas y mantelería. Las muñecas de tela apodadas "patonas" eran su pasión. De rostros circulares, brazos redondeados sin manos ni dedos y, piernas muy largas como tubos, decoraron las paredes de su habitación colgadas en los clavos de una arandela que le cocía a escondidas entre las tiras de lana que simulaban la cabellera.

La colección rellena de restos de almohadas, la decoraba con perlas falsas, volados y una amplia variedad de encajes y géneros sobrantes que extraía de las bolsas de descarte apilabas en la habitación usada por su madre como taller.

Los domingos ambas cantaban mientras cocinaba. Espolvoreaban de harina la mesa y extendían la masa con un rodillo de madera hasta transformarla en una capa delgada.

Sobre ella esparcían la pasta hervida resultante de mezclar cebolla, acelga y pimiento y, con otra delgada capa del amasado, separado previamente en el mesón la cubrían por encima.

Cuando Sara terminaba de marcar la elaboración con una delgada barra de madera, llegaba el turno de Carmela que, con un pequeño utensilio provisto de rueda y mango, pasaba por los surcos cortando en todas las direcciones para separar los cuadrados de su receta favorita: los ravioles rellenos de verdura.

Transcurrieron varios años hasta el día que Sara se limitó a contemplar a Carmela, al realizar todos los pasos de ese proceso. Sonrió con orgullo viendo a la joven que con picardía le mostraba la fuente repleta del alimento listo para ser saboreado.

Parte IV

Los preparativos para celebrar los quince años de Carmela revolucionaron a los moradores de las casas cercanas durante las semanas previas. Todos se ofrecieron a colaborar en la organización y con tiempo suficiente eligieron las prendas y peinados que lucirían el día del evento.

Raquel -la benefactora del Hogar- contrató la confección de una torta de tres pisos a la cocina de la institución, insistiendo a Guadalupe en abonar por ella.

Sara trabajó por las noches para terminar a tiempo el vestido blanco que ese día luciría su hija.

El día de la fiesta, todos lucieron sus mejores galas, algunos de ellos, cuando se descalzaron para bailar no tuvieron pudor en mostrar que, dentro del calzado, ocultaban una plantilla con papel de periódicos para ajustarlos a su talle y bailaron animados al ritmo de la música.

Los amigos de Carmela la sorprendieron con canciones que interpretaron formando coros armoniosos.

Las botellas con jugos naturales, las pizzas caseras y las pequeñas bolas de papa decoradas con hierbas frescas, mayonesa y choclo, se distribuían en coloridos platos dispersos sobre la mesa extra que les prestó una vecina.

La Madre Superiora estuvo presente junto a Raquel y su hija menor. La joven, dos años mayor que Carmela, se sentó en una silla observando a su madre con actitud claramente de enfado, mientras los invitados danzaron en el festejo que se extendió hasta pasada la medianoche.

Raquel tuvo que retirarse al poco rato de llegar porque los gestos de desagrado de su hija por haberla acompañado eran muy evidentes.

✶✶✶

Dos años más tarde de aquella fiesta, Carmela descubrió que, el atractivo jardinero que veía en la zona residencial de grandes casonas donde entregaba sus bordados, la miraba con afecto y que esa actitud del joven la sonrojaba.

Comenzaron intercambiándose saludos desde lejos, luego algún comentario gracioso al cruzarse en el camino, hasta que finalmente el joven la sorprendió acercándose hacia ella con un ramillete con flores formado por espuelas de caballero.

En algunas oportunidades él la acompañaba en su recorrido hasta la puerta de la Divina Caridad, coincidiendo con la visita mensual que jamás olvidaba, con la finalidad de saludar a las religiosas.

Sara conocía esa situación y disfrutaba escuchando los relatos de su hija contándole de la afinidad que compartía con el joven en sus gustos, intereses y sueños.

Fue en una de esas caminatas cuando Pedro le declaró su amor y la sorprendió al expresarle su intención de pedir su mano en matrimonio. Carmela, clara y sincera le confió que la salud de Sara estaba desmejorando y su decisión de jamás dejarla viviendo sola.

***

Transcurrieron varios meses de aquella declaración cuando Carmela llegó a su domicilio sin imaginar lo que estaba a punto de suceder.

Al cerrar la puerta enmudeció al ver a la Madre Superiora sentada bebiendo solemnemente el contenido de una taza, a Sara cómoda en la mecedora y a un joven vestido de traje, perfumado, engominado y tan pulcro que le costó reconocerlo.

Pedro le confesó que, a sabiendas de ser correspondido en su amor, les pidió ayuda para resolver la situación.

Sin ánimo de hacerla cambiar de opinión, el joven le planteó la solución perfecta, conclusión a la que llegó con Sara y Guadalupe antes de que ella arribara a la vivienda: vivir los tres en ese hogar.

Pedro le ofreció traspasar a otra familia la casa de dos ambientes en la que residía, la misma que construyó con sus propias manos, en aquel terreno cedido por la municipalidad para personas con escasos recursos.

Ellas valoraron aún más la importancia de esa decisión porque ese joven sufrió el desarraigo de su familia y desde los once años se recordaba trabajando en el campo, durmiendo en cualquier casa, ganando unas monedas o simplemente un plato de comida y una litera refugiada de la intemperie.

Visiblemente emocionadas, ambas contemplaron a Pedro arrodillarse frente a Carmela, besarle la mano y extraer de uno de los bolsillos del pantalón el anillo de plata reluciente para deslizarlo en el delgado dedo de la joven. Mientras él le sostenía su mano, la joven bajó de la silla y se sentó en el piso, a su lado. Intentando disimular la risa nerviosa cubrió su boca con la otra mano.

Cortejaron durante un año hasta que se llevó a cabo la boda en la capilla del Hogar donde dio sus primeros pasos. Carmela horneó varios pasteles que, usando copas, transformó en una torre de varios pisos y junto a Sara ajustaron a sus medidas el vestido que la mujer guardó por tantos años en el armario dentro de una caja de cartón, el mismo que usó en su propia ceremonia.

En el recinto se escucharon entonar los corales ante el respetuoso silencio de los presentes mientras Carmela de recién cumplidos dieciocho años y Pedro de veintidós años asumían el compromiso de la sagrada unión religiosa.

Los invitados del vecindario, la señora Raquel y su hija y algunas señoritas que ayudaban en las actividades de beneficencia completaron los bancos de madera que lucían lazos de tela blanca con ramilletes de flores perfumadas de igual color.

Todos los presentes en ese recinto se emocionaron, pero una persona en especial contemplaba el acontecimiento ocultando un secreto.

***

En los meses siguientes, al llegar del trabajo, Pedro dedicaba largas horas a tapar las marcas de las paredes y pasarles el rodillo con pintura cremosa.

Con expectativa, Sara aceptó que ordenaran la pieza usada como taller y durante esas dos semanas se las ingenió para trabajar en el dormitorio.

La tardecita que finalmente la joven pareja dio por terminada la sorpresa, guiándola para revelarle la transformación de la habitación.

Ayudaba por su bastón ella recorrió contemplado en los anaqueles de madera, los hilos y madejas que contrastaban por su colorido con el piso de cerámica gris. En una esquina una amplia mesa reciclada de cajones de feria lucía barniz lustroso y competía en esplendor con la antigua máquina de coser de renovado color negro.

Por la ventana abierta de par en par ingresaba la intensa fragancia desprendida por los arbustos repletos de flores, del cerco de la casa lindera.

Con palabras entrecortadas por la emoción Sara les expresó que desde niña siempre soñó con un lugar así, pero lo que tenía ante sus ojos lo superaba en belleza.

Carmela amaba a esa mujer íntegra, humilde y generosa que le entregaba todo el amor maternal desde sus entrañas, agradeciendo a Dios en sus rezos, por la madre que le había elegido para ella.

EL TE DE LAS PROGENITORAS

Parte V

La salud de Sara comenzó a resquebrajarse paulatinamente, aquejada por los dolores en sus huesos.

Cuando su energía se lo permitía, acompañaba a su hija en prolongadas jornadas hasta acabar con lo planificado para el día.

Carmela agradecía la generosidad de las clientes fieles de su madre, por mantenerles la agenda ocupada, incluso a aquellas que se acercaron recomendadas por Raquel y se apasionaron con sus trabajos.

Las consultas al médico eran resistidas a ser aceptadas por la mujer, sustentadas en su pudor de no querer mostrarle al profesional, su cuerpo desnudo para la revisación.

Al año siguiente nació Victoria, con la tez pálida, cabello claro como Carmela y ojos de color verde como los de Pedro.

La niña creció rodeada del amor de sus padres y los abrazos protectores de Sara.

De vez en cuando la familia recibía la visita de la Madre Superiora, siempre acompañada de un bolso repleto con prendas que les entregaba antes de retirarse.

Durante las mañanas se la podía ver a Sara bajo la sombra del árbol que llegaba desde la acera, junto a la niña acomodada en el cochecito de bebé. Desde su silla mecedora, ella contemplaba los transeúntes, con una bola de lana en su regazo y las agujas de tejer entre sus manos que por momentos temblaban desobedientes a sus deseos.

Carmela fue asumiendo el rol principal en la organización de su hogar, sin descuidar los encargos de las damas de la alta sociedad.

El tiempo transcurrió hasta que sucedió lo inevitable.

Victoria daba sus primeros pasos revoloteando en la recámara de su abuela cuando Carmela ingresó con el desayuno y encontró a Sara nuevamente dormida, pero esa vez no la pudo despertar.

El amor de Pedro y su hija lograron sacarla de un estado emocional de profunda tristeza. La ausencia de quien le entregó todo su amor de madre sin haberla concebido, la hizo valorar apropiadamente lo recibido en todos esos años.

El jardín de ingreso a la vivienda nunca decayó en su esplendor. Los fines de semana mientras Victoria jugaba con sus muñecas ambos se dedicaban a cortar las hojas secas y retirar los brotes de yuyos, que intentaban apretar las plantas florecidas, quizá celosos ante tanta belleza.

A los pocos meses el médico les anunció la llegada de un nuevo hijo. Al nacer lo llamaron Manuel.

Criando ambos niños, ella se las ingenió para alivianar la economía de su hogar sin descuidar el taller y antes de dormir tejía para su familia los abrigos de lana que usarían el siguiente invierno.

Cuando los niños cumplieron seis y cuatro años respectivamente, los costos de vida se incrementaron y, sus clientes ya no frecuentaban solicitando bordados y acudían únicamente para ajustar prendas que adquirían en sus viajes por el mundo.

El día que ella abrió la puerta de su vivienda respondiendo a los golpes insistentes, nunca imaginó que otra vez su vida volvería a cambiar de rumbo.

Raquel -que había enviudado un par de años atrás- la saludó con cariño y ante la falta de reacción de Carmela, ingresó y se sentó en el sillón.

La mujer, dueña de una incalculable fortuna y empeñada en convencerla, no escatimó en ofrecerle un salario con una cifra exorbitante para que aceptara ser su ama de llaves, un rol que hasta ese entonces no necesitó en su residencia.

Con su acostumbrado pragmatismo le objetó y solucionó sus dudas sin perder el brillo en su mirada y la cordialidad en las elegantes palabras.

Esa noche, la pareja, intrigada y sorprendida por esa dichosa posibilidad que aparecía pocos días después de haber expresado su preocupación a Guadalupe por la baja en la demanda de su trabajo, conversó rodeada de sillas donde las prendas recién lavadas esperaban ser secadas por el calor de la estufa de leña.

Carmela se propuso ordenar los pedidos para cumplir con los compromisos asumidos hasta ese momento con sus clientes antes de comenzar su nuevo desafío laboral.

Entusiasmados por el progreso económico que les acarrearía, el matrimonio organizó los horarios asegurándose de estar siempre presentes para quienes eran su mayor prioridad: sus hijos.

EL TE DE LAS PROGENITORAS

Capítulo II

La Matriarca

EL TE DE LAS PROGENITORAS

Parte I

Al siguiente mes, Carmela, con sus veinticinco años recién cumplidos, dueña de rasgos delicados, bien hablada y con excelentes modales, golpeó la aldaba sobre la reluciente puerta de la casona cuyo frente daba a la plaza principal de su ciudad.

Una empleada doméstica luciendo su pulcro delantal le abrió la puerta y luego de invitarla a ingresar, la acompañó hasta el luminoso salón con vistas al jardín. Raquel la esperaba, saboreando una infusión cuyo aroma a jazmín invadía el recinto.

La elegante señora tenía en ese entonces setenta y dos años. Su parentela estaba acotada a tres hijos con sus respectivas familias. Lidia y Alberto residían en la capital y Dolores, a poca distancia de esa vivienda.

En esa habitación ella le entregó un cuaderno sugiriéndole que anotara los pormenores de sus instrucciones, a él podría recurrir para evacuar sus dudas o en caso contrario acudir en su ayuda.

Las páginas fueron completándose con especificaciones generales y otras acotadas. Ella le remarcó los nombres de las personas que sin excepción jamás recibiría ni atendería sus llamados telefónicos y los horarios en los que en ninguna circunstancia debía ser interrumpida.

Quienes trabajaban en esa vivienda tenían la precaución de no alterar el orden de los objetos, excepto que lo indicara personalmente la dueña de casa. La muestra de su meticulosa organización era visible en los estantes de la biblioteca donde, entre las colecciones de libros clásicos, un espacio estaba destinado a los de tapa dura de color rojo conteniendo en su interior las anotaciones diarias de sus gastos.

Carmela fue presentada por su patrona ante el chofer, la cocinera y su ayudante, las dos mucamas y el jardinero.

El personal existente era suficiente para mantener la pulcritud y el orden hasta en las relucientes cucharas de té, dentro del cajón donde estaba clasificada toda la platería.

En ese elegante entorno ajeno a su condición social los buenos modales y la capacidad de aprendizaje de la joven le bastaron para no sentir temor ante la responsabilidad asumida.

Raquel ejercía el rol de matriarca familiar y disfrutaba ser consultada por su familia antes de tomar cualquier decisión importante. Esas oportunidades le conferían mayor relevancia a su persona, inmiscuyéndose en los íntimos detalles de la vida de sus descendientes.

Lidia de cincuenta años y su marido residían en una amplia casona con varios dependientes y eran padres de dos hijos. La mayor de ambos tenía veinticinco años, casada y madre de la primera bisnieta de Raquel y el menor, veintitrés años.

Alberto con cuarenta y cinco años, estaba casado y era padre de un varón de veinte años.

Dolores de veintiocho años prácticamente compartía la generación de sus sobrinos. Con su marido Ramón eran padres de tres hijos: Soraya de ocho años, Silvana de siete años y Carlos de dos años.

A la viuda la frecuentaba Lidia con sus visitas cada dos semanas, en cambio Alberto, le justificaba sus ausencias por las exigencias de la responsabilidad al frente de la empresa familiar, no obstante, invariablemente cada mañana conversaban por teléfono.

Todos los sábados al mediodía Dolores y sus hijos arribaban a la hora del almuerzo, mientras su esposo trabajaba horas extra en su estudio contable.

Raquel bregaba por mantener los buenos modales en especial a la hora de comer. Cuando ellos llegaban se ponía en clara posición de alerta, atenta a cualquier movimiento inapropiado de sus nietos sabiendo que su hija no les corregía sus malos hábitos.

Conversar con las cavidades bucales cargadas de alimento, gesticular con los cubiertos en la mano, dejarlos en cualquier posición al terminar el contenido del plato o apoyar los codos sobre la mesa, eran actitudes irritantes para su educada patrona. Si advertía alguna de esas actitudes, ella los contemplaba con la mirada fija hasta que se daban por enterados de que algo estaban haciendo mal.

Los recibimientos de Raquel a Dolores eran notoriamente opuestos con los otorgados a sus otros hijos. Para estos últimos, ella descendía radiante por las escaleras del segundo piso envuelta en una de las lujosas batas de seda con sus labios pintados, las cejas delineadas y el cabello blanco perfectamente peinado.

La armonía reinante en la residencia, distorsionado únicamente por las acaloradas discusiones entre ambas mujeres, también difería entre esos encuentros.

Casi todas las visitas terminaban en reclamos, al ella recordarle e insistirle, sobre las consideraciones especiales que recibió por parte de su padre y cuánto extrañaba su ausencia. Cuando el tenor de sus demandas se agudizaba, Raquel pedía a las niñas que salieran a jugar al jardín y Carmela se las ingeniaba para quedarse en la cocina o acompañarlas al área verde, con el pequeño Carlos al que Dolores –ni bien ingresaba a la vivienda- se lo entregaba para que se hiciera cargo.

Aunque no era parte de su trabajo ella aceptaba gustosa, al niño regordete disfrutando de su compañía y se divertía viéndolo saborear cualquier alimento que le ofrecía.

***

Cierto día al abrir la puerta de la cocina, Carmela escuchó una conversación entre la cocinera y una de las mucamas, sin que ellas advirtieran su presencia.

Ambas murmuraban sobre la falta de afecto maternal entre Raquel y su hija menor. Mientras cortaba los vegetales la mujer le contó a su compañera que Dolores no tuvo ningún pretendiente y, que su patrona, aceptó sin quejas al único hombre que se había animado a pedirles su mano en matrimonio.

Haciendo alarde de su antigüedad y del conocimiento sobre la familia empleadora, comentó que quizá se casó enamorada de Ramón, pero estaba convencida del empeño de Dolores en desafiar a su madre y sugería que eso la incentivó a elegir un hombre de otro nivel socioeconómico.

La mujer aseveró que Raquel sorprendió a todos no objetando su decisión y para el desconcierto de Dolores, la alentó a casarse lo antes posible, ayudándola a elegir una vivienda para su mudanza.

Después de expresarles su malestar por esos comentarios totalmente desaprobados por su persona y de advertirles que no volvería a tolerarlos, Carmela no pudo evitar analizar las palabras mencionadas por aquellas mujeres.

Ella sacó cuentas de los años y confirmó que Raquel había parido a Dolores a sus cuarenta y cuatro años, con diecisiete años de diferencia respecto a Alberto.

A ese detalle le adicionaba la actitud de Lidia hacia su hermana menor siendo que ambas mantenían una relación más apropiada entre madre e hija y era con ella con quien se explayaba reclamando que no entendía por qué Raquel trataba así. La dualidad de esa madre en la entrega de afecto para sus hijos era notoria y muy llamativa incluso para Carmela.

Cada vez que llegaba a oídos de Dolores la información sobre la proximidad de un nuevo viaje familiar, volvían los reclamos de su parte y las excusas de Raquel para no llevarla. A diferencia de Lidia, que era la primera en ser invitada para los viajes de primera clase, Dolores anotaba mentalmente sus inasistencias forzadas por no ser participada. Las cajas de obsequios que le traían de esas travesías nunca compensaron su desazón.

Raquel imponía respeto con su imagen salvo para Dolores. Con ella la mujer carecía de paciencia cuando escuchaba sus reivindicaciones y protestas. Sin perder la compostura ella optaba por retirarse del almuerzo y dirigirse a su habitación para disfrutar de un buen libro en lugar de estar tolerando los berrinches de su hija.

A veces Carmela ingresaba al comedor luego de esos momentos de tensión y Dolores aprovechaba la ocasión para contarle intimidades. Según aducía, Lidia era la preferida de su madre y aunque su hermana nunca se quejó, recordaba que desde pequeña a ella la dejaron a cargo. "¡Como si ella fuese responsable de mi crianza!", solía exclamar con enfado.

Absteniéndose de fijar su posición, Carmela se limitaba a escucharla y, con picardía, distraía los pensamientos de la mujer con algún trozo de chocolate que, con su complicidad, extraía del mueble donde los guardaba Raquel.

Parte II

Año 1978

Transcurrieron cinco años desde que Carmela comenzó a trabajar en la residencia, hasta aquel día en el que el desconcierto se apoderó del personal.

Sorpresivamente Raquel no bajó a la sala para desayunar. Ella golpeó la puerta de la habitación de su patrona y, al no escuchar su respuesta, ingresó. Era la segunda vez que se enfrentaba a una escena similar.

Raquel permanecía inmóvil, extendida sobre su cama, con un libro entre las manos, los anteojos puestos y la veladora aún encendida desde la tardecita anterior.

Dada la proximidad de su vivienda la primera en arribar fue Dolores y en cuanto puso un pie dentro de la residencia le indicó a Carmela aguardar por las indicaciones de sus hermanos que llegarían en poco más de tres horas. Ella no sabía que al notificarlos del suceso, Lidia y Alberto ya la habían instruido como actuar y, expresamente ordenaron que cualquier decisión importante debía esperar hasta sus arribos.

La noche previa a la muerte, Lidia había llamado a su madre para confesarle sobre un problema que mantuvo en reserva pero que, ante el inminente desenlace, debía ser la primera en informarle.

Su hija -la nieta mimada de Raquel y madre de su única bisnieta de diez años- se divorciaría.

La mayor de los herederos no encontraba consuelo, pensando en la posibilidad de que, la vergüenza social y la tristeza, hubiesen provocado la muerte de la Matriarca.

Parte III

A los pocos días del multitudinario sepelio de Raquel, los herederos se reunieron donde fue su última morada.

Fiel a su orden cotidiano, la difunta dejó bajó el resguardo del escribano familiar, un manojo de cartas con sus deseos redactados en ellas, apiladas y enlazadas por una cinta de seda.

Tan pronto como el hombre arribó con su maletín negro, los tres hermanos se encerraron en el escritorio, pero a los pocos minutos Lidia ingresó a la cocina y le solicitó a Carmela -sin darle mayores explicaciones- que los acompañara en el recinto.

En la primer carta Raquel ratificó su decisión referida el manejo de la empresa, ordenando que siguiera tal como estaba, a cargo de Alberto. Apeló a su prudencia, para que se encargara de hacerles llegar a sus hermanas los dividendos anuales que, según su criterio, considere apropiados.

En otra de las hojas la difunta enumeró los objetos más preciados y el mobiliario de la residencia, especificando quien obtendría su legado.

Lidia escuchó esa lectura con sus manos apoyada en su regazo, apretando las de Dolores que, por primera vez, aceptó en silencio el deseo de su madre. Carmela evitó mirarla al oír que la mayor parte de los bienes tenía como destinatarios a Lidia y Alberto.

Cuando llegó el momento de las joyas, nadie se atrevió a cuestionar la decisión de Raquel que, a falta de testamento de Horacio, mantuvo sus pertenencias sin repartir hasta ese día.

Dolores no tuvo acceso al cofre puesto que casi la totalidad de las fabulosas alhajas de la difunta las heredaba Lidia. A ella le dejó una cadena con guardapelo y un par de zarcillos de diamante, para Soraya un juego de collar y caravanas de perlas naturales y a Silvana un camafeo de delicada orfebrería junto a un brazalete de oro trenzado. Para Carlos legó el abrecartas con empuñadura de marfil que habitualmente usaba y el reloj más valioso de la colección de Horacio.

Ramón también fue contemplado en el reparto, en su poder quedó un juego de lápiz y pluma de oro.

Los traba-corbatas, gemelos, el majestuoso anillo modelo *chevalier* con espigas de trigo -que ella misma le diseñó para quien nunca olvidó sus raíces- la costosa colección de relojes y el resto de las pertenencias masculinas fueron para Alberto y su descendencia.

En lo referido a la vivienda, solicitó su venta y del dinero obtenido especificó los porcentajes a ser repartido entre sus descendientes, el que se entregaría como donación para el Hogar de la Divina Caridad y una cifra generosa destinada a los fieles empleados de la residencia. El único nombre ausente en la lista era el de Carmela.

Cuando ella creyó haber escuchado la razón de su presencia en el salón, aun no comprendiendo el por qué Raquel la excluyó, el hombre abrió el sobre de carta que hacía referencia a ella.

En las palabras redactadas por la difunta pedía a los tres hermanos, sin darles explicaciones que, en cuanto Carmela no decidiera lo contrario, ella continuaría trabajando para la familia, al servicio de Dolores.

Previsora, dejó estipulado que su generoso salario fuera cancelado desde la compañía para que su deseo no significara una carga a Ramón.

A ellos no les provocó sorpresa la preocupación de su madre por aquella mujer a la que apreciaba y de la cual conocía la triste razón que la llevó a vivir en la Divina Caridad.

Dolores no tenía razones para negarse, tampoco Carmela, por lo tanto, ambas aceptaron sin objeciones ese último deseo de Raquel.

Esa tarde cuando retornaba a su hogar luego de dar por concluido el horario de trabajo, Carmela caminó por el recorrido habitual, agradeciendo a quien fuera su patrona por haberle garantizado su sustento.

Al acercarse a su vivienda no esperaba ver al hombre que, mientras fumaba un cigarro, agitó su otra mano al divisarla. Advirtiendo su gesto de sorpresa por el encuentro, el caballero le sugirió ingresar de inmediato al inmueble.

Con la bolsa de compras apoyada sobre la mesa del comedor, sentada en una de sus sillas, ella escuchó al desconcertada la buena noticia comunicada por el escribano. Aturdida por la emoción, firmó los papeles donde Raquel adjudicaba en su beneficio una cuenta bancaria con tanto dinero, equivalente para ella y cualquier persona de su vecindario, al premio mayor de una lotería nacional.

Pedro llegó con los niños y al ver al desconocido, dejó su abrigo en el respaldo de la silla mientras su esposa preparaba la merienda a los menores.
El notario le explicó lo que estaba sucediendo y, al cabo de unos minutos, estamparon juntos sus firmas en uno de los documentos. Como la difunta consideró que Carmela no le ocultaría esa situación a su marido dejó prevista la redacción de un compromiso de confidencialidad, donde ambos aceptaban mantener absoluta reserva o perderían el beneficio otorgado.

El profesional se retiró de la vivienda dejando perpleja a la pareja, contemplando absortos por varios minutos el papel que misteriosamente cubría en exceso la gratitud de Raquel, por su servicio en la casona.

EL TE DE LAS PROGENITORAS

Capítulo III

La Sombra

EL TE DE LAS PROGENITORAS

Parte I

El negocio familiar de la pareja de jóvenes inmigrantes formada por Raquel y Horacio nació como una exitosa panadería en una pequeña ciudad del centro del país. Muy pronto sus recetas y una fórmula especial para conservar el panificado, logró que el creciera, hasta convertirse en una relevante fábrica capitalina con distribución nacional.

Como ella nunca aceptó fijar residencia en la urbe, él se instaló allí, viajando para ver a su esposa y sus hijos una vez al mes. Ese esfuerzo inicial se minimizó cuando decidió contratar un calificado equipo de ejecutivos, permitiéndole disminuir la frecuencia de sus ausencias a una vez en la semana.

Lidia fue la primera de sus hijos a la que ayudaron a establecerse en esa ciudad, al concluir sus clases en el colegio secundario, con la finalidad de perfeccionar sus habilidades naturales en el arte de la pintura.

Su don estaba plasmado en la colección de cuadros, decorando las paredes laterales de la escalera que conducía hacia el segundo piso de la residencia familiar.

Pasaron tres años cuando ella y su hermano advirtieron modificaciones extrañas en la rutina de sus padres.

Horacio comenzó a dilatar su regreso de los acostumbrados dos días de estadía hospedándose en el hotel de su preferencia mientras Raquel fundaba un grupo de benefactoras para el Hogar de la Divina Caridad.

La señal más significativa se les manifestó cuando ellos les avisaron sobre su decisión de mudarse a un lujoso apartamento, dejando su residencia principal al cuidado del personal durante el año que programaban ausentarse.

Ese cambio repentino, especialmente en su madre, a la que nunca le agradó el bullicio de aquel lugar, Raquel se encargó de justificarlo pretendiendo estar cerca de ellos, dado que Alberto también comenzaba allí, su carrera universitaria. Ellos interpretaron ese cambio como su intento de adaptarse paulatinamente a la ausencia diaria de ambos en la majestuosa residencia, pero, a los cinco meses de aquel arribo, el verdadero motivo fue expuesto.

Horacio y Raquel citaron a ambos jóvenes para una reunión importante y sin preámbulos les comunicaron que habían adoptado una niña. No les permitieron opinar al respecto y estupefactos ellos comprobaron que sus padres evidentemente lo planificaron minuciosamente. Tenían todo resuelto, incluso habían contratado a la nodriza que durante los siguientes meses se hizo cargo de amamantar y cuidar a la pequeña Dolores.

A las pocas horas de haber nacido, ella fue recibida por Lidia de veintidós años y Alberto de diecisiete años, como una integrante más de la familia.
Los jóvenes nunca recibieron una explicación de ambos ni comprendieron que los motivó a criar un nuevo niño, en vez de disfrutar de su dinero después de tantos años de trabajo y libres de compromisos, siendo que ellos ya estaban en una etapa de desarrollo profesional.
Los dos les prometieron tratarla como una hermana de sangre y jamás revelarle su historia sin el consentimiento previo y expreso de al menos uno de ellos.

***

Mientras corría el año mil novecientos cuarenta y cinco -luego de un año de ausencia- regresaron a su ciudad.

Sus empleados y amistades se enteraron de la novedad cuando ciertas mujeres que caminaban frente a la residencia vieron a Horacio descender del vehículo, con la niña cobijada entre sus brazos.

El círculo íntimo del matrimonio sospechó de la maternidad de Raquel, pero por educación y respeto, no se atrevieron a preguntarle para aclarar sus dudas.

Sor Guadalupe fue la única persona que supo de aquella adopción cuando Raquel le comentó sus intenciones, pero desconocía los íntimos detalles. Evitando incomodarla o poner en riesgo su valiosa ayuda ella tampoco le cuestionó a su fiel benefactora por qué eligió un niño de otro lugar y no de ese Hogar al que tanto ayudaba.

Sus conocidos dudaron de las razones que a su criterio los motivó para ocultar el embarazo y, en la intimidad, comenzaron a hacer conjeturas. Los rumores más inverosímiles y maliciosos se enunciaban en ese círculo social, algunos atribuyéndole la concepción de Dolores a Lidia.

Al poco tiempo de ese revuelo, cuando ellos dejaban de ser el centro de los comentarios, Raquel puso a la familia nuevamente en primer plano. La pareja organizó una cena en la galería que daba al jardín, siendo el objetivo de ese evento compartir una alegría.

Brindando con sus amigos por el compromiso de Lidia con el hijo del propietario del estudio jurídico que asesoraba a Horacio, no imaginaron que al hacer pública esa noticia, embriagaría de rumores a los chismosos.

La suntuosa boda entre su primogénita y el joven egresado de la Universidad de Leyes se celebró en la catedral capitalina, recibiendo la atención de los medios de prensa y, destacándola, como uno de los enlaces más importantes del año.

Dolores, de apenas dos años, acompañó a su hermana hasta el altar llevando la canasta conteniendo los anillos.

Su presencia no pasó desapercibida y reavivó, el inevitable cuchicheo de la gente de su ciudad, al ver esa imagen publicada en el periódico local.

Al año de ese evento, Horacio y Raquel viajaron al nacimiento de su primera nieta y, dos años más tarde, lo hicieron para recibir el varón. En ambas ocasiones Dolores no viajó y quedó al cuidado de su institutriz.

Lidia y su familia vivían rodeados de lujos y estima de la alta sociedad y sus fotografías eran frecuentes en la sección de sociales del periódico nacional. Raquel exhibía el orgullo por su hija en un álbum que permanecía sobre la mesa de café, accesible a la vista de sus invitados. En sus páginas coleccionaba los recortes de esas apariciones que ella misma se encargaba de extraer.

La incorporación de Dolores a la vida de aquella familia pareció fomentar en el matrimonio los asiduos viajes al exterior y cada año, aprovechando las vacaciones escolares, Raquel prácticamente obligó a Horacio para acompañarla en largas travesías a exóticos destinos.

En esas oportunidades, pasaban por la capital para abordar el barco dejando a la niña al cuidado de su hermana.

Años más tarde ella confió a Carmela que un retorno de sus padres estaba indeleble en su memoria. Recordaba con dolor que luego de ausentarse durante un mes por Europa, su madre corrió primero para abrazar a Lidia y sus hijos y, Horacio al advertir su tristeza, la alzó en sus hombros buscando distraerla con la apertura de la maleta conteniendo los regalos.

Dolores no sintió celos por su hermana mayor, porque al igual que su padre, eran ambos los que le daban afecto, la complacían en sus gustos y protegían quizá en exceso cuando Raquel trataba de apaciguar su temperamento rebelde. Para sus sobrinos -con quienes compartía la misma generación- mantenía un sentimiento de envidia.

Los primeros berrinches teniendo a Dolores como protagonista, comenzaron a sus seis años, cuando peleó con esos niños de cuatro y dos años por los novedosos juguetes que llevaron al visitar a sus abuelos.

En ciertas ocasiones al defenderla incluso sin argumentos valederos, provocó discusiones de su hermana con el marido como la vez que Dolores los empujó, peleando por subirse al regazo de Raquel.

Con su hermano Alberto siempre mantuvo una relación distante, aunque era consciente de la preocupación por su bienestar. En alguna oportunidad lo escuchó disentir con su madre al reprenderla y, cada vez que él llegaba de visita, se sentaba a jugar con ella en la tienda de títeres de su sala de juegos, haciéndola reír con sus voces improvisadas.

Cuando terminó la carrera de ingeniero contrajo matrimonio con una compañera de estudios y fue padre de un hijo varón, cuando su hermana Dolores recién había cumplido ocho años.

La influencia de acompañar a su padre en esos viajes de trabajo donde aquellos hombres de negocios exhibían una vasta experiencia, le aportaron un conocimiento esencial para asumir la responsabilidad que, en el transcurso de los años, fue ejerciendo en la compañía.

***

Dolores terminó el secundario en el colegio americano de la ciudad merecedora de las calificaciones más bajas de esa primera generación de egresados, como consecuencia de su rebeldía y escasa dedicación al estudio.

Su constante búsqueda por destacarse de los hermanos la llevó, en diversas situaciones, a decidir aún en su propio perjuicio. Raquel le advirtió a Horacio, de su temor por arrebatarse en los enfados con la indisciplinada hija, cansada de escuchar sus respuestas irreverentes exaltadas desde la adolescencia.

Con sus nervios crispados se resignó al consejo de sus otros dos hijos de que le permitiera disponer de algunos meses para decidir finalmente como encausaría su futuro.

Siendo víctima de una obstinada mala conducta Dolores llegó al extremo de negarse a establecerse durante esos meses junto a Lidia para tomar distancia de quien, según aseguraba, no lograba merecer su paciencia.

Mientras definía que hacer con su vida, concurrió al cumpleaños de una compañera del colegio. En esa fiesta donde todos bailaban comenzó a sonreír al percibir que ella y otro joven eran los eran los únicos invitados sentados.

Con un gesto él le solicitó autorización para acercarse y ella aceptó encantada. Sentado a su lado conversó sin timidez con Ramón, que orgulloso le contó sobre su reciente regreso a esa ciudad, con su flamante título como Contador Público. Hijo único y proveniente de una familia que llevaba una vida sin carencias ni lujos, fue el primero de su familia en lograr terminar estudios terciarios.

Sus estudios los solventó su madre trabajando de lavandera mientras su padre se ausentaba por varios meses como tantos trabajadores rurales. Esa experiencia de vida le permitía hablarle a aquella joven de una clase social claramente diferente a la suya, con conocimiento del significado de la palabra esfuerzo, algo que Dolores nunca había experimentado.

Esa noche dialogaron hasta el final del evento y cada vez que sonaba un tema de los *Four Seasson* -la banda favorita de ambos- bailaron entre la multitud.

Con la complicidad de una amiga en común, volvieron a encontrarse en algunas citas a escondidas de los padres de Dolores hasta que él se decidió a profundizar esa relación.

Ramón temía íntimamente un recibimiento negativo de quienes ejercían la autoridad en la acaudalada familia, con diferente estatus social al suyo, pero, eso no lo amedrentó para golpear la puerta la aquella residencia.

Dispuesto a lograr la anuencia para cortejar a la hija de ese matrimonio tan respetado, se vistió prolijo como era su costumbre sin pretender mostrar una imagen falsa de sí mismo.

En la sala donde los pisos de madera relucían debajo de las alfombras persas compitiendo con el brillo de la platería, Horacio, sin incomodarlo, interrogó al joven.

Raquel participó de la conversación sin plantear objeciones.

Complacido por el carácter afable del candidato y el mérito de sus estudios, Horacio aceptó esa relación, esperanzado que él se convirtiera en el factor para apaciguar el carácter de su hija. El apretón de manos entre ambos hombres al final de la reunión ilusionó a Raquel con la posibilidad de recuperar su tranquilidad y la paz perdida en su hogar.

***

En el año mil novecientos sesenta y tres, con dieciocho años, Dolores se casó con Ramón, siete años mayor que ella.

La ceremonia religiosa tuvo como escenario a la iglesia frente a la vivienda donde creció.

Cuando el reloj marcó las veinte horas, los curiosos que se acercaron a esperar a la novia descender de un vehículo, la contemplaron atónitos mientras caminaba asida del brazo de su padre, atravesando la plaza, con su vestido blanco. En las escaleras de ingreso a la edificación, Raquel y sus consuegros, los esperaban impacientes por el retraso en el inicio de la ceremonia. A Dolores no le importaba y disfrutaba ser el centro de atención del gentío que los aplaudía al pasar frente a ellos.

Al agasajo ofrecido por sus padres, alrededor de la larga mesa ubicada en el centro del jardín accedieron únicamente pocos y selectos invitados.

La luna de miel consistió en un fin de semana en la capital y regresaron para instalarse en la casa con techo de teja obsequiada por los padres de Dolores como regalo de bodas. Alberto les entregó las llaves de un vehículo *Fort Falcon*, de color verde aceituna y Lidia, además de importar una vajilla, le eligió el mobiliario.

Considerando que esos regalos representaban suficiente ayuda, Ramón se negó a aceptar la propuesta de su suegro y solicitó un préstamo bancario para acceder al alquiler de una modesta oficina. En la fachada colgó un cartel de su propia confección reflejando su humildad y carencia de ego en lo redactado. En las palabras pintadas se podía leer: "Estudio Contable", omitiendo su nombre y apellido.

Durante el primer año de casados, Dolores terminó de estudiar taquigrafía y sin buscar donde aplicar sus conocimientos se matriculó en un curso de repostería. Ese primer embarazo ella lo comenzó a vivir como si se tratara de una enfermedad y argumentando que la aquejaba una fatiga inexistente, el doctor le recomendó reposo.

Ese consejo del profesional ella lo magnificó delegando los quehaceres del hogar a sus suegros, distrayéndose de leer la tira de sociales del periódico solo para darles alguna indicación. Eran ellos quienes cocinaban los alimentos o guiaban a la empleada doméstica.

Cuando Dolores tenía veinte años dio a luz a Soraya y dos años más tarde, repitiendo todo lo vivido en el embarazo anterior sin ser esa vez un requerimiento médico, nació Silvana.

Evitando incomodar a Ramón, sus suegros se las ingeniaban para ayudarlos en su economía. Con la excusa de beneficiarse en un importante almacén del descuento especial -por el volumen de la compra- ellos adquirían los comestibles para ambas familias, enviándoles un surtido que desbordaba la despensa incluyendo artículos de lujo.

La apasionante profesión que el hombre había estudiado por vocación le implicaba largas jornadas de trabajo, excepto los fines de semana que los dedicaba para salir al parque con sus hijos o disfrutar de su música favorita escuchando un disco en compañía de su esposa.

A medida que transcurrían los años Ramón fue logrando el respeto, de sus pares y de todos aquellos que internamente, desconfiaron de sus intenciones cuando se casó con la hija de una potentada familia.

Él no se entrometió en las discrepancias económicas entre su mujer y sus suegros, lo único que podían decir de su persona era que capitalizó los contactos de la clase alta que le llegaban por añadidura.

Ejerciendo su profesión rápidamente logró reconocimiento social aumentado a lo largo de los años la cartera de clientes y se afianzó como el más relevante de la zona. Todos los viernes luego del almuerzo Ramón se tomaba un descanso en el café de antaño, ubicado a escasos metros de su estudio. Alrededor de las sillas tapizadas de cuero verde oscuro con respaldo bajo semicircular y las mesas con tapa de mármol gris degustaba del delicioso grano junto a intelectuales y artistas, conversando animado mientras el limpiabotas hacía relucir sus zapatos.

Dolores en cambio fue perdiendo la amistad de sus compañeras de estudio porque siempre trataba de competir con esas mujeres. Ellas comenzaron a obviarla en las invitaciones a las salidas grupales y solo la participaban por compromiso social a las celebraciones de cumpleaños, a sabiendas de obtener un regalo costoso de su parte.

***

Cuando avanzaba el año 1971 y se acercaba el cumpleaños número veintisiete de Dolores que cursaba sus últimos días del embarazo de Carlos, fallece Horacio.

A consecuencia de un paro cardiaco lo encontraron sin signos vitales en el baño de su mansión, envuelto en su bata. La noticia le provocó a Dolores el parto anticipado que casi se lleva su vida y la del deseado hijo varón: Carlos.

Raquel veló a su marido acompañada por la incalculable cantidad de gente que llegó desde varias ciudades para despedir al empresario. Dolores fue la única de la familia que no pudo asistir porque permaneció bajo estrictos cuidados en el sanatorio privado y Ramón se hizo de unos momentos para dejar a su esposa y acompañar a su familia política.

Soraya de seis años y Silvana de cinco años, vieron como su madre se tiraba en la cama solo saliendo de ella para alimentar al recién nacido y retornaba a la oscuridad de la habitación llorando a su padre. Si no fuera por sus abuelos que, aún aquejados por los dolores en sus cuerpos resentidos de las jornadas de trabajo desde temprana edad, ellas hubiesen pasado todo el día sin alimentarse.

El escribano de confianza confirmó que Horacio no dejó redactado un testamento. Raquel únicamente encontró un sobre cerrado, con su nombre escrito como destinatario dentro del cofre del escritorio.

Sus hijos insistieron en saber su contenido, pero ella lo guardó con recelo y nunca lo mencionó.

En esos días de desconcierto y mezcla de emociones, Ramón ejerció un rol importantísimo apoyando a su suegra y a su cuñado con los trámites burocráticos sin descuidar a su esposa que no encontraba consuelo por su pérdida.

Angustiada por los recuerdos, durante varios meses Dolores se negó a visitar la residencia.

La viuda fue la única que sobrellevó la muerte con entereza y nunca flaqueó ante el público ni permitió que sus hijos la vieran deprimida, pero en la soledad de su dormitorio, lo lloró con tristeza y enfado.

Lentamente todo volvió a una aparente normalidad.

Alberto siguió al cargo de la compañía y Lidia yendo de visita con sus niños y algunas veces acompañada de su esposo.

La señora Raquel no dejó de organizar los tés de beneficencia para el Hogar de monjas y sus visitas a la iglesia procurando que el cura escuchara sus pesares en el confesionario, se tornaron asiduas.

Su semblante no volvió a ser el mismo y su mal humor por momentos la dominaba, especialmente cuando Dolores era recurrente en sus comparaciones ridículas con los logros de Lidia.

Cuando ella falleció llegaron los intentos de Dolores buscando ser una exitosa empresaria.

Ramón trató de aconsejarla, pero ella no dejó pasar las que consideraba como "oportunidades", decidida a emprender un negocio rentable. Todos los socios que se le acercaban no lo hacían con las mejores intenciones y, al obtener algo en su propio beneficio, se desligaban del compromiso verbalmente asumido. Ramón terminaba solucionando los problemas financieros o legales que le dejaban sin que ella admitiera sus errores.

Dolores siempre fue relegada por sus hermanos en la toma de decisiones familiares, por no mantener una conducta aplomada y nunca evaluar las consecuencias de sus acciones.

***

Trabajar en el hogar de Dolores significó un cambio importante en la vida de Carmela que no cuantificó al momento de aceptar el cargo.

El ruido cotidiano y el desorden fueron los primeros síntomas que le advirtieron de la difícil tarea a la que se había comprometido.

Sus hijos Manuel y Victoria eran prácticamente de la misma generación que los de sus patrones.

Con el pretexto de ayudarlos en los estudios y aunque los niños gozaban de excelentes calificaciones, todos los días Pedro los acompañaba a realizar sus tareas domiciliarias. Ella se enternecía viéndolo disfrutar de esos momentos escudriñando libros de textos a los que él nunca tuvo acceso sin evitar comparar esas situaciones con las vividas en su trabajo.

Allí diariamente los hijos del matrimonio no tenían supervisión académica pese a las constantes quejas de Ramón por las malas notas de las mujeres y los reproches a Dolores por su falta de dedicación. Carlos era el único aplicado de los tres hermanos y el que se sentaba con sus cuadernos hasta terminar sus deberes.

A medida que transcurría el tiempo, Carmela se iba dando cuenta de que aquella mujer visionaria, con toda seguridad tuvo reales motivos para haber estipulado minuciosamente cada punto de su legado.

EL TE DE LAS PROGENITORAS

Parte II

20 años más tarde

Como si fuera un presagio, las hojas de los árboles caían arrasadas por el viento provocado por una tormenta repentina cuando, una muerte precipitó desenlaces en la vida de varias personas, incluso de algunas que ni siquiera se lo imaginaban.

A mediados del año mil novecientos noventa y ocho falleció Ramón con tan solo sesenta años.

El diagnóstico llegó al despacho de su médico luego del desenlace fatal, revelando en sus resultados que aquellos dolores abdominales -a los que él no le dio mayor importancia y se demoró en consultar al profesional- fueron provocados por la metástasis de un cáncer de páncreas que en tan solo dos meses le arrebató su vida.

Su velatorio, como tantos otros, también fue una fiesta para los exhibicionistas que mientras meneaban sus cuerpos como si fueran plumas, serpenteaban entre los concurrentes y se inmiscuían en sus conversaciones.

Tampoco faltó el personaje que por tratar de mitigar el dolor intentó contar chistes susurrando sus palabras.

Carlos de veintisiete años, apenas unos días atrás, había recibido su puntuación final en la universidad obteniendo el título como Licenciado en Arte. Aunque él no tuvo tiempo de celebrar -como le hubiese gustado- de ese logro con su padre, respiraba pausado, con la convicción de sentirse libre de remordimientos ni reproches con quien le dio la vida y fue compañero en sus gustos.

La ausencia de Alberto de setenta años fue comprendida por Dolores al concluir la comunicación telefónica entre ambos. Él y su esposa se excusaron por encontrarse de viaje en el exterior, participando en una conferencia sobre panificado industrial.

Lidia de setenta y cinco años tampoco pudo asistir. Ella no logró la autorización de su médico para realizar el viaje, dejando sin opción a su hija que debió quedarse para acompañarla. En representación del todos ellos concurrieron los cuarentones hijos de Alberto y de Lidia y, su nieta de treinta años.

Aún en ese contexto, los celos dominaron a Soraya y Silvana y, a diferencia de Carlos, se mostraron distantes, evidenciando que nunca se acercaron afectivamente con sus primos.

Las horas transcurrían y las coronas entregadas por el personal de las florerías cubrieron la pared, justo detrás del ataúd del hombre que, con una ceja levantada, parecía estar escuchando todo lo que se decía a su alrededor.

En un extremo de ese salón y, formando un semicírculo con las sillas, lo despedían sus habituales compañeros de tertulia del café. Cada cierto lapso alguno de ellos rompía el silencio, rememorando las charlas compartidas por años.

El recinto se colmó de personas impensables para Dolores y sus hijas, incluso algunas llegaron desde las afueras de la ciudad, al enterarse de la triste noticia. Es que Ramón había cambiado para bien el destino de muchas familias y ellas lo desconocían.

Con su profesión ayudó en silencio a todos los ciudadanos humildes que llegaron a la puerta de su estudio a punto de perder su vivienda o con el riesgo de que, por falta de pago, les cortaran los servicios básicos como la luz o el agua.

Esos individuos jamás olvidarían al hombre que con tanta paciencia examinó con ellos los recibos y les diagramó un plan, recordándoles que si lo seguían puntillosamente les garantizaba lograr el anhelado alivio financiero y librarse del endeudamiento en el que estaban inmersos.

A primera hora de la siguiente mañana, en el panteón de sus padres, mientras el ataúd fue descendido para ser sepultado, algunos de los presentes afilaron sus garras relamiéndose con la oportunidad que presentaba la situación, al quedar Dolores sola con sus billetes.

Habilidosamente esos oportunistas se mezclaron y camuflaron con quienes verdaderamente lloraban acongojados la muerte de Ramón.

A la viuda quizás solo le faltó desmayarse para quitarle protagonismo a todos, incluso al difunto.

Obviamente que, ante un fallecimiento, ya sea por dolor real, solidaridad o por llamar la atención, los llantos son parte de ese acto, pero ella junto a Soraya y Silvana, derramaron sus lágrimas en algo parecido a una competencia.

La actuación magistral de las mujeres provocó que Carmela dudara si realmente lo hacían con remordimiento por el comportamiento que tuvieron en vida de él o, si en realidad era una puesta en escena.

A partir de ese día, los cometidos personales del entorno comenzaron a descubrirse y sus historias oscuras salieron a la luz.

EL TE DE LAS PROGENITORAS

Parte III

Bastaron dos años y unos meses de la muerte de Ramón para que, en su familia, todo lo que estaba bien se convirtiera en un desastre.

Ese hombre que siempre tuvo un comportamiento reservado con sus movimientos financieros, manteniendo un equilibrio entre el dinero que destinaba para caridad y el que dejaba en su familia. Dejó reflejado su carácter previsor y organizado en un testamento redactado tres años previos a su deceso.

No se esforzó en heredarles fortuna porque según sus palabras: "entregar dinero a quien no sabe administrarlo es malgastarlo". Consideraba que sus hijos tenían los medios necesarios para vivir con decoro y cada uno elegía como hacer uso de este. Legó a cada uno de ellos un local en el centro comercial, hecho que los sorprendió, porque no sabían de esa inversión familiar. Junto a esos inmuebles cuyos arrendamientos les aseguraban un ingreso razonable, incluyó una suma de dinero, adecuada para comenzar un emprendimiento o potenciar el negocio en el que estuvieran inmersos.

La parte restante le solicitó a Dolores destinarla para finalizar sus compromisos solidarios, remarcando no abandonar la asistencia al hijo de un trabajador rural para que concluyera sus estudios universitarios. A ese joven lo catalogó como una promesa en la matemática, al advertir su habilidad natural desde niño cuando en las visitas a su padre, el menor le mostraba su cuaderno con fórmulas resueltas, avanzadas para su edad.

Con el resto del efectivo le pedía a su esposa que lo disfrutara con cautela y sin prisa, pero ella solo optó por respetar una parte del enunciado: simplemente lo disfrutó.

Cuando Alberto llamaba para avisarle que estaban disponibles las utilidades de la compañía ella alteraba la rutina mantenida en vida de Ramón, dejando de depositar la mitad del dinero, en la cuenta bancaria de resguardo.

Evidenciando una liberación en su autonomía abarrotó la decoración hogareña con objetos innecesarios, que encontraba a su paso, en sus frecuentes visitas a las tiendas.

Las sagaces vendedoras la recibían con abrazos y cumplidos para luego convencerla en las adquisiciones.

Los roperos sobrecargados de prendas de vestir inadecuadas para su edad o estilo de vida y los percheros repletos de vestidos de fiesta sin uso, la forzaron a construir una habitación anexada a su dormitorio.

Esa reforma estructural le costó tres veces más del valor real, por el sobreprecio abonado y las multas recibidas, al haber reformado arquitectónicamente sin las habilitaciones requeridas.

Pronto sus hijas comenzaron a reclamarle por el derroche de dinero y ella optó por mentirles sobre el origen de los artículos, llegando al extremo de justificarlos como regalos de aquellos amigos a los que hacía años no veía ni mencionaba.

Después de usar sus nombres en las mentiras, Carmela presenciaba las incomodas situaciones a las que se exponía, obligada a rastrear el paradero de esa gente para pedirles que en caso de que sus hijas los contactaran, ellos debían confirmar la veracidad de su relato.

Compenetrada en su problemática ella no entraba en razones cuando al otro lado del teléfono expresaban no recordarla o directamente le cortaban la comunicación.

Sin poder dejar de sentir la necesidad de justificar sus acciones ante sus hijas, terminaba creyendo sus propias falacias.

Amplificados y distorsionados por su óptica tan particular, los problemas de sus hijos llegaban a oídos de los empleados de los negocios y a quienes quisieran escucharla. Situaciones cotidianas de su familia eran transformadas en comentarios que recorrían la ciudad desdibujando la realidad a quienes no los conocían personalmente.

Con su hijo varón mantenía una relación genuina y libre comentarios referidos a la administración de su dinero. A Carlos no le ocultaba sus locos pensamientos ni sus deseos de compra y, era él quien la alentaba a ser feliz disfrutando de su holgada economía.

Diariamente recibía su llamado y no transcurriendo más de un mes entre cada visita, renovando la energía reinante en el lugar. Carmela le abría la puerta, encantada al verlo llegar siempre con una sonrisa en el rostro.

Ambos intercambiaban suspicaces comentarios provocándole risotadas traviesas que persistían por varios días, cada vez que recordaba esas charlas.

Él se independizó en cuanto cumplió la mayoría de edad y a diferencia de las hermanas, su vínculo con el resto de la familia siempre fue sólido y afectuoso.

Compartía con ellos similitud de intereses intelectuales y culturales, en especial con el hijo de su tío Alberto, veinte años mayor que él e integrante del directorio de la fábrica.

Esa rama de la familia, celada por Silvana y Soraya, le facilitó uno de los departamentos del grupo de propiedades que disponían para arrendar. Ramón agradeció la ayuda brindada logrando que estudie en la capital evitando que viviera las peripecias a las que él fue forzado para lograr el título académico.

Cuando Ramón falleció él estaba organizando su viaje de fin de carrera por Europa acompañado por sus compañeros de la Universidad.

Su madre lo alentó a irse aduciendo que, tomar distancia y distraerse también lo ayudaría a mitigar el dolor por la pérdida de quien fuera mucho más que un padre para él, también un gran amigo.

La otra llamada que Dolores atendía todos los días a primera hora de la mañana era la de su hermana Lidia.

Desayunaban juntas, aún a la distancia, mientras conversaban por teléfono en una rutina donde las anécdotas y preocupaciones por sus hijas y nietos estaban presentes.

Por su avanzada edad ella no viajaba a visitar a Dolores y era Carlos quien se encargaba de llevar a su madre hasta el lujoso departamento donde Lidia vivía con su hija divorciada y su nieta, a los pocos la traía de regreso.

El tiempo que le requería satisfacer a su madre en esos viajes era compensado con verla distendida junto a la tía.

La mujer ya estaba perdiendo el sueño y parte de su memoria.

***

Las visitas de aquellos individuos que no traspasarían la puerta de la residencia, si Ramón estuviese vivo, se volvieron frecuentes y, el teléfono no dejó de sonar proponiendo a la viuda ofertas de productos y promociones inimaginables.

A uno de esos personajes extravagantes ella lo contactó al ver el anuncio enmarcado en la sección de clasificados del periódico. Recurriendo al uso de palabras místicas el texto resaltaba su habilidad en la lectura del tarot: "Bruno, especialista en cartomancia".

Entusiasmada por el hallazgo, le comunicó a Carmela que la visitaría un afamado "profesional esotérico".

El primer día de consulta saludó con ese apodo rimbombante al hombre que arribó vestido con prendas comunes y luego de permanecer unos minutos dentro del baño social salió luciendo una pintoresca transformación.

Ataviado de túnica y amplio pantalón blanco, turbante de seda azul topacio y varios collares con cristales, agitó su brazalete con caracolas alrededor de la mesa de la sala principal. Dolores observaba embelesada desde su silla ese ritual que, según dijo, era necesario para espantar los malos espíritus antes de cada sesión.

Cuando Carmela le acercó un vaso con agua se excusó de rechazarlo indicando que por su profesión solo utilizaba copas de cristal.

A ella le pareció ridículo ese requerimiento en cambio para su patrona le resultó natural y sin dudar le entregó la llave del cristalero para realizar el cambio.

En una especie de ritual esparció sobre la mesa los setenta y ocho naipes con figuras coloridas del Tarot de Marsella. Las cartas divididas en Arcanos, veintidós mayores y cincuenta y seis menores captaron la curiosidad de Dolores.

Para la segunda visita ella lo esperó con una caja de bombones como obsequio y el servicio que inicialmente le contrató por una hora, lo extendió a dos.

De las conversaciones que ambos mantenían mientras mezclaba los naipes él lograba información valiosa sin mayor esfuerzo y luego la usaba en la interpretación de la baraja.

Ella le expresó que su principal preocupación eran sus hijas, abrigando la esperanza de poderlas ayudar para que fueran felices, pero, las historias que le relataba a ese hombre sin escrúpulos delataron su entusiasmo por cualquier actividad que se le presentara. El pícaro individuo vislumbró la oportunidad para aprovecharse de su ingenuidad.

A las pocas sesiones le informó a Dolores que ella tenía un don, una sensibilidad especial que quizá le permitiría realizar esas lecturas incluso mejor que él, pero debía practicar.

Y fue así como esas consultas derivaron en un curso que él mismo le dictaba y en la compra de varios tipos de barajas que llegaban por correo desde remotos anticuarios esparcidos en el mundo. Con su hábito de regalar, compraba un mazo para cada uno y cuando él le mencionó que estaba buscando adquirir una copia de la que pintó Salvador Dalí, se obsesionó con procurar dos unidades.

Esas sesiones se repitieron durante tres meses hasta que sin razón aparente él jamás regresó. Dolores nunca comprendió por qué cada vez que lo llamó él se excusó con distintos argumentos para no atenderla hasta que finalmente desapareció de la ciudad sin dejar rastros.

Sus hijas nunca se enteraron de esas visitas. Mediante excusas ella les pidió que esos días no la visitaran porque prefería reposar en el confort de su cama, disfrutando de un libro o viendo algún programa en el televisor.

A medida que la ausencia de Ramón se extendía en el tiempo, el descontrol administrativo de su patrona la llevó a cometer errores como duplicar los pagos de los servicios mensuales o excederse en los gastos de una tarjeta de crédito y cubrir con otra, ese desfasaje en los pagos.

Cuando repetía la compra de un libro ya existente en su biblioteca, en lugar de cambiarlo, ella lo regalaba a alguno de los técnicos que diariamente acudía. Ellos invariablemente se retiraban al finalizar el trabajo con un obsequio, el cobro excesivo por la tarea y una suculenta propina.

Poco a poco se notó la importante ausencia de quien ejerció como administrador de esa familia que, de otra forma, nunca hubiera llegado a preservar y menos aún acrecentar, lo heredado de sus suegros.

Capítulo IV

El primer té

EL TE DE LAS PROGENITORAS

Parte I

Año 2000

Aquel día en el que las hojas amarronadas se amontonaban en las aceras por la brisa anunciando el inicio del otoño, Carmela -sin evidenciar sus cincuenta y dos años- alistó la mesa de té con la vajilla de "la abuelita".

Así le solía llamar Dolores a esa refinada porcelana que originalmente heredó Lidia al fallecer la Matriarca, pero en una de sus visitas se la cedió.

Ese día por primera vez Teresa vería a las hijas de la dueña de casa. Ella recientemente se había incorporado al personal en reemplazo de la anterior cocinera al renunciar cansada por los modales de ambas.

Durante toda la mañana, ella elaboró galletas de anís, jaleas, panes y tostadas con queso derretido que servidos en bandejas acompañaban el samovar.

Era el primer *"high tea"* ofrecido por Dolores en su condición de viuda, un acontecimiento sumamente importante para ella, porque dado que Raquel era recordada como una gran anfitriona, ella se imponía el reto de demostrar que podía superarla en la organización.

Dolores, tres años mayor que Carmela, impartía órdenes dando muestras de su lucha interna contra un sentimiento de inferioridad que cada tanto la sobresaltaba. De su boca escapaban expresiones comparativas incluso con su familia y buscando sentirse alguien importante ese día se expuso a la obviedad de comparar, dicho té social con los de beneficencia organizados por su madre.

A corta distancia de la mesa del comedor donde ordenaron las exquisiteces y, siguiendo los requerimientos de la menor de sus hijas, las empleadas ubicaron la nueva mesa redonda cubierta con un mantel de fieltro verde, dos mazos de cartas apoyados en su centro y cuatro sillas.

Justamente fue Silvana, la primera en arribar a la vivienda, exteriorizando un característico estado nervioso que le resaltaba sus ojos negros y alteraba su estridente tono de voz agitando sus manos con ademanes.
—Hola Carmela. ¿Está todo listo?, dijo al borde de gritar y sin darle tiempo a responder continuó caminando hacia el cuarto de estar.

—Tranquila señora que está todo en orden, apenas alcanzó a decirle con voz calmada.

— Eso espero –comentó.

—¿Cómo está Silvana? –le preguntó con sincero interés.

—Bien -contestó sin darle importancia a quien trabajaba en la familia desde que ella y sus hermanos eran niños pequeños.

—¿Dónde está mi madre? –dijo mientras tiraba su cartera en el primer sillón que encontró a su paso.

—Recién llegó de la peluquería. Debe estar en la biblioteca -le respondió con la certeza de que no la escuchó, al verla dirigirse por el pasillo hacia los dormitorios.

—¡Mamá!, ¡mamá! –clamó entre las paredes repleta de pinturas enmarcadas cuya estrecha distancia entre ambas, dificultaba apreciar esas obras de arte.

—¡Pero si iba para donde estaba la señora no necesitaba gritarle! -resopló Teresa cuando Carmela ingresó a la cocina.

—Recuerde que no se debe opinar sobre la familia. Por favor no lo olvide –le llamó la atención Carmela, aun coincidiendo con la mujer en su apreciación.

—Disculpe señora –atinó a decirle y continuó con su tarea.

Los nervios de la nueva doméstica la hacían limpiarse las manos una y otra vez en su delantal escuchando desde esa habitación el griterío de las mujeres.

El timbre volvió a sonar y al abrir la puerta, se le abalanzó Soraya con ínfulas de princesa y al mismo tiempo refunfuñaba enfadada le entregó su abrigo a Carmela.

—Que le pasó Soraya? –le preguntó preocupada al notarla contrariada.

—¡Me voy a quejar con la compañía de taxis! Controlé por mi reloj que se atrasó cuatro minutos y medio en pasar a recogerme. ¿Puede creer que todo el camino me trajo escuchando un partido de fútbol y se negó a apagar la radio? ¡Que me importa si el Real Madrid le gana al Valencia! –resopló indignada por la actitud del hombre pendiente de quien ganaría ese año la Liga de Campeones Europea.

—Cálmese. Le va a hacer mal a su salud –le pidió Carmela.

—¡No puedo! Como si eso fuera poco tomó un camino que me dejó en la acera de enfrente. ¡Tuve que cruzar la calle!, exclamó en un insólito reclamo que por poco provoca una sonrisa de la empleada. ¡Fueron las peores diez cuadras de mi vida!

En el remate de la protesta dejó en evidencia su holgazanería incluso para caminar la distancia tan corta de su casa hasta allí.

—¡Así son los empleados! ¡No hacen bien su trabajo, pero quieren ganar como nosotros! -sentenció Soraya derramando malicia en un comentario doloroso para aquella mujer que atravesaba la ciudad todos los días cumpliendo su labor sin inasistencias.

Escudriñando con su mirada por donde pasaba ella descubrió la cartera de su hermana apoyada en el sillón y, sin perder un instante, su regordeta figura se encaminó taconeando deprisa por el pasillo.

Transcurrieron pocos minutos hasta que Carmela recibió al resto de las invitadas.

—Buenas tardes señora Olga -le dijo a quien apareció en la vida de esa familia desde la muerte de Ramón.

Desde ese entonces esa mujer de sesenta años frecuentaba a su patrona, siempre cargando junto a su cartera un bolso de tela.

—¿Cómo le va Carmela? -preguntó amistosa.

—¡Muy bien señora Olga! –respondió esperando la introducción de quien la acompañaba.

—Le presento a Miriam, mi hija.

—¡No imagina cuánto habla de usted! Le dijo Carmela.

—Mucho gusto –saludó la mujer que, conociendo las actitudes de su madre, se imaginaba el tenor de sus comentarios.

—Pasen por favor. ¡Ya las anuncio con la señora!

Cuando estaba por cerrar la puerta escuchó una voz femenina renegando con quien creyó se trataba de una niña, pero para sorpresa las mujeres rondaban sesenta y treinta años respectivamente.

—¿Acá vive la madre de Silvana? –preguntaron al unísono.

—Sí, así es -respondió la ama de llaves mientras la de mayor edad miraba sobre su hombro hacia el interior de la vivienda.

—Soy Dora, una amiga de ella. ¿Podría avisarles que mi madre y yo hemos llegado?

—¡Antonia!, exclamó al advertir que su hija no la mencionó como correspondía.

—Pasen por favor. Las están esperando –les confirmó, mientras indicaba el camino con su brazo extendido.

—Gracias –apenas llegó a decir Dora porque un repentino empujón de su madre la hizo atravesar el umbral.

Aún ataviadas con vestimentas costosas, Carmela identificó a ambas mujeres, pero a ella no la reconocieron.

Recordaba a Antonia de las contadas ocasiones cuando se presentó a las reuniones de padres donde sus hijos y Dora compartieron el mismo colegio primario, momento en el que las otras madres cuchicheaban sobre ella.

—¡Ahhh pero hay peor desorden del que comentan!, exclamó Antonia mirando con asombro la densa decoración.

—¡Mamá!, le reprendió su hija temiendo que el resto de las invitadas hubiesen escuchado ese comentario.

—¿Ves lo que siempre te digo? ¡La plata no da nivel! -sentenció sin importarle la incomodidad de Dora al visualizar a la dueña de casa acercarse para recibirlas.

La presencia de ambas conformó el grupo de las siete mujeres dando inicio al primer té organizado por Dolores.

EL TE DE LAS PROGENITORAS

Capítulo V

La Jugadora

EL TE DE LAS PROGENITORAS

Parte I

De las hijas de Dolores, la más problemática en la crianza fue la menor: Silvana.

En su etapa escolar estuvo al borde de ser expulsada del mismo colegio privado que concurrió su madre, como consecuencia de su reiterada mala conducta heredada de Dolores. La directora del centro educativo la citó en reiteradas oportunidades para recriminarle que la niña expresaba palabras inapropiadas a sus compañeros de curso. Ella intentó excusarla diciendo que quizá las oía en las novelas que miraba por televisión.

Ese argumento no justificó la situación delatando ante la mujer su falta de dedicación. Recibir la advertencia escrita de que la expulsarían fue lo único que calmó los desacatos de Silvana por temor a que su padre se enterara.

Cuando Carmela comenzó a trabajar con ellos esa niña tenía doce años. Faltando pocos meses para terminar la mitad de la secundaria sus actitudes desataron la desconfianza en sus padres desde que Dolores se encontró en una tienda con la amiga que supuestamente Silvana había ido a estudiar a su el domicilio.

Continuó mintiendo en los destinos de sus salidas, fumando a escondidas y una vez regresó con aliento a alcohol, rogándole a la empleada que no la delatara.

Obviamente que la honestidad de Carmela y el afecto hacia la familia le impidieron encubrir el hecho y sabiendo que si recurría a Dolores ella lo ocultaría, preocupada por la joven lo informó a Ramón.

Él coordinó las visitas a una sicóloga, pero no logró ayudarla porque la joven pasaba gran parte de la hora de terapia encerrada en el baño dejando que los minutos transcurrieran. Ante el cuestionamiento de la profesional su actitud se resumió en no regresar a las sesiones.

Dispuesta a escapar de lo que aducía como "una vida controlada" a los dieciocho años Silvana se propuso casarse y rechazando los candidatos de su círculo social al no poder sentirse dominante en la relación, al poco tiempo les presentó al dueño de una farmacia, quince años mayor que ella.

Ese hombre era el único sobreviviente del accidente donde regresaba junto a sus padres de un paseo, cuando recién había cumplido su mayoría de edad.

Sin hermanos, sus lazos familiares se limitaban a los primos que habitaban en otra ciudad.

Ramón hizo lo que estuvo a su alcance para hacerla recapacitar y sin éxito se vio forzado a admitir su capricho.

Al año de su boda dio a luz al tercer nieto de la familia, esa primera nieta la llamaron Laura. Ese nacimiento dilató la resolución de los problemas en el matrimonio que desde los primeros meses comenzaron a vislumbrarse. Tal como temía su padre el mal carácter de Silvana y la diferencia de edad entre ambos no los ayudó en los desacuerdos.

Tampoco contribuyó la crianza de la pequeña porque su forma de actuar para con ella difería de lo que consideraba demasiado tolerante de su marido.

Quizá buscando una forma de mantenerse juntos ella fue arrastrando a su marido en una actividad que, en sus casos, desencadenó una adicción.

Comenzaron a frecuentar cuanto lugar anunciaba la realización de un bingo de beneficencia, pero lo que les exacerbó el gusto por el juego fue la visita al primer casino local. Encerrados en esa actividad que comenzó a erosionar económicamente a la pareja ellos perdían la noción del tiempo llegando al extremo de olvidarse recoger a Laura del colegio.

Argumentando la obligación de mantener abierta la farmacia durante el horario nocturno, algunas noches dejaron a la niña con los abuelos, pero en realidad, esas horas las usaban en esa otra actividad a sabiendas de que no podían contarles porque la considerarían inapropiada.

Sabiendo los horarios en lo cuales Dolores estaba sola en la casa le llevaba a la nieta de visita y comenzó a camuflar su verdadero cometido de pedirle dinero mediante excusas inverosímiles, como querer pagarle el pasaje de tren a una persona carenciada siendo que los empleados de ese medio de transporte estaban en huelga y, por consiguiente, no funcionaba.

Con sus artimañas conmovía el corazón solidario de su madre y siempre se retiraba con billetes que horas más tarde terminaban en manos de un crupier.

Dolores no cuestionaba y la mayoría de las veces realmente sin analizar la situación, prefería entregarle el dinero esperanzada en congraciarse con ella. Quizá pensó que al hacerlo Silvana le reclamaría menos, pero fue un grave error que con el paso del tiempo le ocasionó varios disgustos.

Ramón comenzó a sospechar que su mujer le ocultaba algo cuando el dinero mensual no le fue suficiente y tuvo en la necesidad de extraer dinero de la cuenta de ahorro.

Sincerándose con su marido Dolores le confesó sobre los permanentes pedidos de su hija.

Enfurecido e indignado de inmediato la citó en la vivienda para una reunión que terminó en una escandalosa discusión.

Encerrada en la cocina los intentos desesperados de Carmela tratando de no darse por enterada la hicieron tararear canciones inventadas, pero eso fue en vano porque los gritos atravesaron las paredes del estudio y se escucharon aún a puertas cerradas.

—¿Cómo que no les alcanza el dinero del negocio? le reclamó Ramón.

—Papá, no me mortifiques. Solo por esta vez, ¡déjala que me preste!

—¡No! No te VAMOS a prestar dinero hija, ¡no lo haremos porque estas apostando! -le manifestó su padre con enfado e impotencia, remarcándole que se trataba de un bien común del matrimonio, sin importar quien aportaba mayor cantidad.

—¡No estoy jugando! –le gritó Silvana tratando de convencerlo y pasando por alto aquel comentario.

—Hija, te estas engañando y no dejas que se te ayude --le dijo con un tono de voz conciliador pero decidido a enfrentarla con la realidad.

—¡No juego papá! De verdad que no juego. Pero… si lo hiciera, ¡no es con tu dinero!

—¡Desde el momento que nos estas pidiendo prestado, tú estás jugando con mi dinero! ¡Si no jugaras, no lo necesitarías! -afirmó contundente.

—Gracias papá… ¡Como si no fuera poco la infancia desgraciada que me tocó vivir! –le gritó.

Dolores hasta ese momento mantenía entornada la puerta de su recámara para poder escuchar el alboroto, pero al oír esas palabras y sabiendo las consecuencias que provocarían en su marido, la cerró con sigilo.

—Hija, ¡cómo te atreves a reclamarnos algo!

—¡Papá!, ¿te olvidaste de que usábamos las mismas medias?

—Pero ¿qué dices hija? ¡La misma confección, en todo caso!

Esos reclamos que llegaban desde el estudio provocaban en Carmela un golpe brusco en su corazón. Identificaba que Silvana hacía referencia a aquellos años en los que Ramón compraba con descuentos los excedentes de exportación en las empresas de confecciones donde asesoraba. De ese beneficio, incluso sus hijos recibieron prendas como obsequio.

—¡No te acuerdas que parecíamos uniformadas! ¡Nos traías hasta el mismo vestido!

Ramón pensó en el bienestar de su nieta y doblegó su impulso evitando desalojarla de su hogar, como quizá era la meta de aquella mujer para tener otro motivo de reclamo.

Los recurrentes artificios utilizados con su madre argumentando sufrir una pesada carga desde la niñez, no surtieron el mismo efecto en su padre y su habilidad para transformar cualquier necesidad en una exigencia no logró su objetivo.

Aquella tarde, antes de irse dando un portazo, Silvana lo amenazó con empeñarse en un crédito y esa situación terminó por alterar los nervios del hombre, angustiado de que esa desesperación la arrastrara a algo irreparable.

No transcurrió ni una hora de aquel altercado, cuando Carmela acudió al sonido del timbre hasta la puerta principal. El yerno de los dueños de casa aplastó con uno de sus pies el cigarrillo a medio terminar e ingresó, dejando a su paso hedor repulsivo desprendido de su ropa, al mezclarse la fragancia del tabaco con transpiración y perfume con exceso de alcohol.

El y Silvana habían pasado la noche sin dormir jugando hasta la última moneda de la billetera confiados en que Dolores los volvería a asistir, pero esa vez sus cálculos salieron mal.

Su suegra permanecía en la recámara y Carmela luego de servirles una taza con café, se retiró asegurándose de cerrar la puerta sin necesitar que su jefe le indicara no ser interrumpido.

Reunidos en ese lugar Ramón ofreció ayuda para saldar las deudas con el compromiso de abstenerse de cualquier actividad que significara apuestas y jamás regresar al casino. En este caso no se escucharon gritos salvo una exclamación del dueño de casa que dio por concluido el encuentro: ¡¡Basta de timba!!

***

Los años transcurrieron y Silvana con su marido se las ingeniaron para seguir con el vicio a escondidas de la familia.

Paradójicamente, Ramón no obtuvo el mismo resultado con ellos, que el logrado con las personas que se acercaban a su estudio contable. Su hija fingió superar el problema, pero siempre se negó a aceptar su ludopatía.

Todo quedó al descubierto cuando al terminar de gastar la importante cifra ganada en un golpe de suerte, ellos fueron embargados por los prestamistas que oportunamente se instalaban en el café del casino pasando desapercibidos para los ajenos al mundo del juego.

Las deudas contraídas terminaron por hacerlos quebrar la farmacia, delatando la falta de control en la adicción.

Quizá esa fue una de las pocas veces que Dolores siguió el consejo de su esposo y coincidió en no tapar el problema prestándoles dinero.

Los primos del marido de Silvana acudieron ante el llamado de Ramón y se propusieron rescatar a su familiar de una desgracia mayor.

Silvana tuvo que enfrentar el hecho de que el padre de su hija deprimido por la situación y en ese estado vulnerable que lo estremeció, preparó las maletas y se embarcó con ellos en el autobús cuyo destino indicaba el nombre de la capital del país.

Allí se refugió en los afectos para salir adelante concurriendo a un centro de ayuda para personas con su problemática.

Al poco tiempo de esa partida, llegó la citación para la audiencia de divorcio. Como si fuera una broma de mal gusto Silvana se convirtió en la tercera mujer de la familia, junto a la hija de Lidia y Soraya, no sólo en divorciarse, sino que también lo hacía a la misma edad.

Mucho se habla a lo largo de la historia sobre las crisis matrimoniales del séptimo año de casados y ellas decían tener la "maldición de los treinta".

Del remate de la casa donde habitó ella recibió una insignificante suma de dinero porque la mayor parte se destinó a cancelar las numerosas deudas acumuladas.

Mientras todo eso sucedía Ramón se esforzó para encaminar a Soraya que aducía seguir afectada por su divorcio consumado un año atrás.

Sus fuerzas no flaquearon cuando increpó a Silvana tras recibir la citación del juzgado porque, cegada de furia con su exmarido, amenazó con afectar a Laura expresando su deseo de no permitirle visitarla.

En el acuerdo legal Ramón medió entre ambos garantizando los encuentros en su residencia e intuyendo que Silvana no la autorizaría a usar su teléfono, dejó documentado que lo llamaría desde el suyo.

También la hizo aceptar sin objeciones la pensión alimenticia asignada por las autoridades, basada en los ingresos de su nuevo empleo como encargado de una farmacia.

Con Silvana el hombre prefirió mantenerse comunicado a través de sus respectivos abogados porque le resultaba agobiante el grado de estrés que le generaba y, como aun creía amarla, temía perder su objetivo de alejarse del juego y de ella.

Durante ese proceso Dolores no acompañó a su marido y dio inicio a un nuevo curso por correspondencia, su forma de ayudar fue comprarle regalos a la niña.

Sabiendo Ramón que nada podía recomponer el vínculo matrimonial de la menor de sus hijas, se concentró en lograr el bienestar de su nieta.

Él negoció la compra de un departamento para que ambas vivieran y la hizo contratar por un amigo como vendedora en un local de ropa del centro comercial. El único que sabía que el pago del salario salía del bolsillo de su padre fue Carlos. Con él hacía catarsis sobre los líos de sus hermanas.

Al poco tiempo Ramón quedó satisfecho al recibir el llamado de su amigo comunicándole que ya no era necesario su dinero y por su buen desempeño la ascendía a encargada de ventas.

Esos años quizá fueron los más tranquilos en la vida de Silvana, pero ella lo vivió como una derrota personal porque debió aceptar la ayuda familiar para poder subsistir.

En la intimidad de su casa solía lavar la vajilla renegando no disfrutar de la vida al tener que hacerse cargo de su hija. No le importaba si esos comentarios eran escuchados por la joven, al contrario, se los expresaba a sabiendas de ser oída.

El tiempo que trabajó como vendedora le despertó su real vocación por el mundo de la moda y al fallecer su padre instaló una boutique con prendas y accesorios de fiesta en el local que recibió como herencia.

Liberando su enfado a quien la guio a un mejor destino, en sus conversaciones decía que su divorcio se había provocado porque él se negó a prestarle dinero cuando más lo necesitaba.

Cuando reconocía a una de las mujeres del casino ingresando a su negocio, se llenaba de satisfacción creyendo que de esa forma retornaba su inversión en el juego y eso no la ayudó a hacer un profundo análisis de sus errores.

Pretendiendo controlar a su madre, Silvana se alió a Soraya, usando sin remordimiento el amor de Dolores por sus nietos y mediante astutos métodos concretaban sus fines. Si querían viajar usaban los usaban como excusa contándole que eran los únicos del colegio que no conocían ese destino turístico, entonces la abuela les entregaba gustosa el dinero necesario sin importarle no estar incluida. Ella argumentaba no poder ir por ser reciente su viudez, socialmente no lo verían bien.

Luego de unos pocos paseos notaron que, por las elevadas cifras gastadas en alimentos y suvenires, era mejor negocio llevarla con ellas.

Ese idilio inicial cambió porque las hermanas comenzaron a pelear para lograr su compañía. Al regreso de cada viaje la escudriñaban con preguntas y según sus respuestas, ellas calculaban mentalmente cuánto dinero la había hecho gastar la otra, esperando encontrar la manera de equipararla.

Cuando Dolores le contaba a Lidia que la disputaban por llevarla como compañera de viaje, ella le advertía que se aprovechaban de su falta de carácter por no poner límites a tiempo, pero ella prefería aferrarse a su ilusión de verlas felices.

Mientras la cuenta bancaria de Dolores sufría grandes bajas, Silvana y Soraya enfrascadas en esa competencia por quien le sacaba más, no se detenían a pensar que a futuro se lo quitaban a sí mismas.

De los tres nietos de Dolores, la hija de Silvana se diferenciaba por sus auténticas expresiones afectuosas. Cada vez que llegaba a visitar a su abuela, saludaba sin hacer distinción a todos los empleados que encontraba a su paso. Esa actitud era reprochada por su madre y su tía, la criticaban diciéndole que ella tenía que marcar una distancia con esos trabajadores por pertenecer a otra clase social.

Con cualquier excusa Laura solía acercarse a Carmela buscando mantener conversaciones. En esos diálogos emitía sus opiniones sobre temas de los cuales ni siquiera Silvana conocía su forma de pensar y, al igual que a su abuela, también a ella le pedía consejos cuando no sabía cómo resolver sus eventuales diferencias con compañeros del colegio.

El paso del tiempo fue agravando la brecha cultural entre madre e hija. Mientras Silvana miraba telenovelas, Laura viajaba dentro de algún libro de la biblioteca de Dolores o encendía el equipo de música que Ramón le obsequió en uno de sus cumpleaños.

La niña tuvo una relación apegada con ellos y en especial con su abuela que, sin pretenderlo cuando hablaba maravillas de su nieta despertaba los celos de Soraya y sus hijos.

Silvana actuaba con Laura como si de una hermana se tratase y sin la menor intención de involucrarse emocionalmente con ella, la natural conexión entre ambas nunca se presentó. En ese afán de cuidar el patrimonio que podía heredar y pendiente de los gastos en los que podían hacerla incurrir sus hermanos, descuidaba su mayor tesoro, la hija.

En sus visitas, la joven le confiaba a Carmela que desayunaba invariablemente con la doméstica porque Silvana ni bien se despertaba iba al gimnasio.

Por el doble horario del colegio almorzaba en el instituto y cuando regresaba a su hogar apenas la veía porque, sin excepción, todas las noches encontraba una excusa para salir y dejarla con una niñera.

Dolores, cansada de la situación, pasaba el mayor tiempo posible con su nieta. Las pocas veces que Carmela la escuchó levantar su tono de voz a Silvana fueron luego de enterarse sobre la solución de algún inconveniente de

Laura gritándole que le quitaba autoridad sin admitir la omisión en su rol. Estaba encantada de quitar su responsabilidad en la educación de Laura, pero ese sentimiento no se permitía expresarlo públicamente.

De esa primera reacción de enfado pasaba a congraciarse con su madre halagando a la joven al destacar alguna de sus virtudes y las adosaba a la herencia genética de la abuela.

Carmela notaba su obsesión con los tratamientos estéticos, las cremas antiarrugas y el gimnasio al verla llegar con su piel bronceada y una alarmante delgadez.

El trato con su hija nunca mejoró, es más, empeoró. Siempre que podía le remarcaba a la jovencita que no se había casado por amor sino por poder irse de su casa.

No tenía ningún reparo en expresarlo y para sorpresa de Carmela, jamás escuchó que Dolores o Soraya la enfrentaran con una crítica, pero ella se atrevía a un "señora por favor", aun temiendo una respuesta insolente, aunque nunca llegó.

En lo referido a su vida sentimental, cambiaba de pareja constantemente y todos aquellos que en su momento habían sido candidatos perfectos, ni se terminaba la relación, recibían todo tipo de adjetivos descalificativos y pasaban a ser catalogados quizá sin merecerlo, como insoportables, intolerantes, celosos o vagos.

Parte II

Desde la cocina, con el bullicio de las charlatanas, apenas se lograba escuchar la campanilla que Dolores hacía sonar impaciente y sin dar tiempo a Carmela de acudir a su llamado.

Ni bien la empleada ingresó al comedor, los ojos desorbitados de Silvana, con recién cumplidos treinta y cuatro años, la miraron sin pestañear recriminando lo que consideró una demora de su parte.

—Traiga leche caliente por favor –le pidió amablemente Dolores.

—Enseguida señora –respondió Carmela, devolviendo la sonrisa a su patrona que la miraba mientras jugaba con la nueva adquisición como si fuera una niña con un sonajero, y regresó sobre sus pasos hacia la cocina.

—¡Hay mamá! ¡Esta mujer está cada vez peor! -exclamó Soraya fiel a su estilo directo.

—Está holgazana con el trabajo. ¡Ya no le pone ganas! -dijo Silvana.

—Hijitas, no me provoquen problemas con el personal. Ya hicieron que renuncien dos cocineras y una limpiadora en menos de un año... –les pidió Dolores intentando calmarlas.

—¡Qué linda que tienes decorada la casa! –exclamó Dora tratando de cambiar de tema y acto seguido, recibió el puntapié de Antonia que comenzaba a saborear las controversias que se rumoreaban en la sociedad entre la dueña de casa y sus hijas.

—A ellas no les gusta. Dicen que amontono y mezclo todo sin criterio –expresó la dueña de casa, buscando con su mirada el ansiado desmentido de alguna de las mencionadas, pero lejos de hacerlo, continuaron masticando los alimentos.

— ¡A mí me encanta! –insistió Dora aún dolida por el golpe de su madre.

Mientras Carmela llenaba las tazas con té, percibió que quizá el decorado realmente le gustaba a esa mujer porque iba acorde a su colorida vestimenta. Disimuló su sonrisa al recordar la frase que poco antes mencionó Antonia y, que evidentemente, no la aplicaban para ellas mismas: "La plata no da nivel"

—Quiero contarles que acabo de recibir un nuevo diploma –dijo Dolores al grupo de mujeres.

—¿De qué? –preguntó Antonia elevando sus cejas, intrigada por el comentario.

—¡Aclara que es de un curso por correspondencia! –remarcó Soraya, menospreciando un estudio más avanzado que su nivel secundario alcanzado.

—Sí. Lo terminé dos semanas antes que mis compañeros –siguió hablando la mujer con inocencia creyendo haber recibir un halago de su hija.

—¿Que? ¡No te alcanzan con los que ya hiciste! ¿Para qué te sirvió el de tallado en madera o el de fotografía? –preguntó de forma sarcástica Silvana.

— ¿Cómo el memorable curso de taquigrafía? –replicó Soraya a su hermana mientras llevaba a su boca una de las tostadas.

— ¿Este de que fue mamita? –le preguntó Silvana.

—De secretariado. Uno nunca sabe cuándo puede precisarlo, ¿verdad? –dijo esta vez esperando el apoyo de las invitadas, pero tampoco la acompañaron y siguieron atentas a la situación mientras se servían de las bandejas.

—¡Por favor mamá!, ¿en que lo vas a usar? ¡No te sirve para aplicarlo ni con las empleadas de la casa! Ni siquiera anotas los gastos en el cuaderno rojo como la abuela Raquel –vociferó Soraya.

—Hablando del cuaderno rojo mamá, ¿le estas revisando las cuentas a esta mujer? –preguntó Silvana manteniendo el tema a las áreas favoritas de Antonia que no pudo ocultar su mirada brillando de satisfacción.

—¡Otra vez con Carmela!, ¿pero que les está pasando? ¡No lo voy a hacer hijitas!, papá no lo hacía y yo tampoco lo haré –le aseveró.

—¡Yo lo hago si quieres! No entiendo porque te da vergüenza, ¡después de todo es nuestro dinero! –insistió Silvana.

—No. ¡No te preocupes! ¡Las cuentas están claras! –exclamó esta vez con enojo.

Mientras los diálogos continuaban Antonia, que era recién conocía a Dolores personalmente, miraba con desconcierto a Dora, buscando una explicación del porqué la mujer mencionaba como "papá" a su esposo fallecido. En ese momento no pudo obtener la repuesta, pero era seguro que, ni bien concluyera la reunión, abordaría a su hija para lograrla.

Carmela siempre dispuso del dinero semanal asignado para las compras. Cuando trabajaba para la difunta Raquel, ella le supervisaba los gastos, en cambio el señor Ramón le entregaba un monto semanal y aleatoriamente le controlaba las facturas.

Dolores, al igual que él, nunca dudó de la honestidad de la empleada y jamás se tomó el trabajo de revisar los precios de la lista de compra, hecho que enfurecía especialmente a Silvana, sabiendo que su madre no tenía idea del valor de un litro de leche.

La conversación se interrumpió al volver a ingresar Carmela a la sala.

—Señora, la llama su nieta –le dijo en referencia a la joven que en ese entonces tenía quince años.

—Estoy segura de que me está extrañando –aseveró Silvana sobre un sentimiento que no era correspondido por su hija.

—Acá también se la extraña. Gracias a Dios llama todos los días a su abuela –aclaró Carmela creyendo que también lo hacía con su madre.

—¿Todos los días? ¡Pero que gasto de dinero innecesario! –exclamó con enfado, no por delatar la falta de afinidad con su hija, sino porque consideraba sin importancia ese contacto afectuoso entre abuela y nieta.

—¿Va muy seguido a la casa del padre? –preguntó Olga.

—Últimamente más de lo que quisiera. ¡No sé para qué se va tantos días en vez de quedarse acá con las amigas! –exclamó Silvana.

—Mejor que se vaya con él. Saca cuentas. En esos días ahorras. ¡Él la tiene y la pensión la recibes completa! –exclamó Dora con una sonrisa dibujada en su rostro.

—Es importante que disfrute del afecto de ambos padres –reflexionó Miriam.

—¿Para qué? ¿Para que le llene la cabeza con malas ideas? –preguntó Soraya.

—Te sorprenderías con las cosas que les dicen de nosotras –dijo Dora sintiendo que compartía el mismo problema que su amiga.

—No creo que verdaderos padres sean capaces de hacerlo –volvió a opinar Miriam.

—¡Miren lo que traje! –dijo Silvana, mientras extraía un aparato de su bolso de mano.

—¿Qué es eso? –preguntó su madre mientras su hija lo ponía sobre la mesa de juego.

—¡Es un mezclador de naipes! Me lo envió de regalo un amigo que es crupier del casino.

—¡Qué lindo! Heredaste mi suerte hijita –dijo Dolores reforzando las justificaciones absurdas de sus compras que hacía pasar como regalos recibidos.

—¡Pero yo también lo tengo! Se los dan a los jugadores preferenciales del casino –dijo Antonia segura y sin reparos.

—¡Mamá! ¡Será parecido! –exclamó Dora tratando de encubrir a su amiga al ser consciente de la real procedencia del objeto.

—¡Es el mismo! –volvió a remarcar su madre que recién al terminar la frase, vio a Silvana con disimulo, llevarse un dedo a la boca insinuándole que no la delate.

—Deben ir mucho solteros al casino –comentó Olga, siempre pensando en encontrar un candidato para su hija.

—Hermanita. Veo que estás invirtiendo en el rubro entretenimiento –remató Soraya con tono burlón.

«Pobre señor Ramón» –pensó Carmela, al comprobar que Silvana seguía con su viejo hábito del juego descuidando a su hija.

EL TE DE LAS PROGENITORAS

Capítulo VI

La Vaga

EL TE DE LAS PROGENITORAS

Parte I

Esa tarde de té Soraya aprovechó, como siempre, cada oportunidad que se le presentaba para diferenciarse culturalmente de Silvana. Era visible el gesto de satisfacción instalado en su rostro mientras se regocijaba resaltando las diferencias entre ambas y, únicamente cuando hablaban de Carlos era el momento en que, la tensión se instalaba en su cuerpo, al sentirlo competencia directa a su intelecto.

Soraya nació cuando Dolores y Ramón tenían veinte y veintisiete años. Ella no pudo ocupar el lugar de ser el primer nieto porque sus primos se le habían anticipado: Lidia era madre de una hija de diecisiete años y un varón de doce años, la misma edad que el hijo de Alberto.

El ser hija única también le duró poco tiempo, puesto que, a los pocos meses de nacer, deseosos sus padres del varón, se produjo el segundo embarazo.

La llegada de la inquieta niña a la que llamaron Silvana le indicó que en un futuro al menos serían tres.

Según contaba Dolores, los celos de Soraya con la menor comenzaron desde pequeña y con el paso del tiempo se intensificaron.

Raquel se desvivía por sus otros nietos, a diferencia de su abuelo Horacio que era permisivo y cariñoso con ellos y el promotor de los paseos hasta la plaza de juegos infantiles cercana a su residencia.

Esa perfección en el mundo de Soraya sufrió un cambio cuando nació la primera bisnieta de sus abuelos, la nieta de su tía Lidia. Sus visitas a la casona para abrir los regalos de papá Noel, ella las recordaba con tristeza.

Dolores describía con lujo de detalles el día cuando Soraya percibió que el grupo de paquetes más abultado estaba destinado para los otros nietos y en especial para esa niña. Contaba que la mayor de sus hijas transitó el trayecto de regreso a su casa en silencio, con los puños apretados hasta hacerse marcas con sus uñas.

Una anécdota comentada en la familia era la referida a la oportunidad en que Soraya, a escondidas, cambió en los regalos, los carteles con el nombre de la niña por el suyo.

Los adultos descubrieron esa travesura cuando ella los abrió y del interior de las cajas extrajo juguetes y peluches con cascabeles. Desde ese momento, Horacio y Raquel decidieron esconder algunos regalos y debajo de la rama de pino que ubicaban frente a la chimenea, optaron por dejar tan solo un obsequio para cada integrante de la familia.

Mientras crecía, las peleas con su hermana por todos los objetos se intensificaron, incluso por situaciones absurdas como fijarse en la cantidad de hojas de los cuadernos que les entregaba su madre. Los suyos debían ser de igual o mayor cantidad, nunca menos o era capaz de arrancarle al de su hermana las páginas excedentes.

El fallecimiento de su abuelo precipitó el nacimiento de su hermano Carlos. Ramón sin controlar su alegría llegó aquella noche a su domicilio despertando a las niñas que dormían con su abuela paterna, con sus gritos, repitiendo: "¡llegó el varón! ¡llegó el varón!"

Aún en situaciones naturales y sin que le dieran motivos, Soraya fue sintiendo que, al nacer cada uno de sus hermanos, ella iba perdiendo el protagonismo.

No quería verlos con el niño en brazos y ni bien el dio sus primeros pasos, comenzaron sus venganzas. Lo acusaba de todo lo que se rompía en el hogar llegando a esconderse en el jardín para destrozar las plantas y acto seguido correr a culparlo.

Soraya nunca olvidó las exclamaciones de su padre cuando nació Carlos mientras estaban de duelo y fue equiparando ese recuerdo con una grave ofensa, transformando las palabras de su padre en un acto de desprecio hacia ambas.

En secreto le inculcó a su hermana el concepto de que seguramente cuando ellas nacieron no las celebraron con tanta algarabía y se lo repetía en todo momento propicio.

Nunca perdonó a sus padres que en lugar de ser felices con ellas dos, lo hubiesen deseado tanto.

Cuando tenía trece años recién cumplidos falleció su abuela Raquel y se enteró que pocos objetos materiales llegarían a su domicilio, instigando a su madre a que reclamara las joyas de "la abuelita".

Su rivalidad hacia la otra parte de la familia se incrementaba sin freno. Ella exteriorizaba sus tormentosos pensamientos y expresiones sorprendentes por el contenido como lo recordado por Carmela cuando la escuchó hablar con Silvana: "¿Por qué no me dejó más joyas?, ¡si yo nací para ser princesa!", le preguntaba extrañada por el desaire de su abuela.

Al enterarse de los viajes de sus primos recorriendo el mundo, le cuestionaba a su madre de cómo era posible que llevaran una vida tan acomodada, siendo que todos vivían de la misma fábrica y ellos, que adicionaban los ingresos de su padre, no podían darse esos lujos.

Ella asumía que su tío Alberto como administrador de la empresa familiar, no realizaba los repartos de dinero en forma equitativa y se atrevió a verbalizarlo durante una cena. Ramón rezongó a la adolescente con una charla ejemplificadora para que no hablara de temas que no sabía ni le correspondía opinar, pero eso no acalló sus pensamientos.

A medida que las hermanas crecían, los temas relacionados al dinero eran recurrentes en sus conversaciones, pero era ella la que siempre estaba calculando de que en algún momento sería la administradora de los bienes familiares.

Su fuerte temperamento superaba a su autocontrol, caracterizándose por emitir comentarios frontales que sonaban brutalmente ásperos ante los oídos de cualquier persona con buenos modales.

Las novias que presentaba Carlos tampoco escaparon a sus celos remarcándole a su madre, que las joyas que iba adquiriendo, debía asegurarse que no llegaran a las manos de una futura nuera.

Cuando vio en la hija de Silvana otra posible heredera, los celos fueron tan notorios para su sobrina, que los percibió incluso Dolores.

Soraya creció soñando ocupar algún día el sillón de Ramón en el Estudio Contable, sin asumir que no era cuestión de sentarse en él, para hacerlo debía formarse.

—¡Estudias o trabajas! –fue la sentencia que le hizo Ramón porque siguiendo los pasos de su madre y apenas terminó el secundario, expresó no querer una vida universitaria. Les pidió ayuda para instalar un negocio, alquilando un local comercial a escasos metros del hogar familiar y montó una librería.

Fue ahí donde ella conoció al hombre que presentó socialmente como un importante ejecutivo del sector editorial.

Ramón, conociendo sus delirios de grandeza, aprovechó la primera cena para confirmar con el mencionado que su trabajo consistía en ser viajante de una importadora de libros capitalina.

Ellos se casaron y en el idilio del comienzo, Ramón y Dolores le obsequiaron la vivienda anexa a la librería. El hombre no tenía el estatus que su hija le asignaba, pero era trabajador y honesto, dos virtudes suficientes para que lo respetara.

Bajita y regordeta no cuidaba su salud fumando hasta perder la noción de cuantos cigarrillos quemaba y, con la misma voracidad que devoraba grandes cantidades de alimentos sin remordimiento, leía los libros de su negocio.

Su marido nunca dejó el trabajo y varios días al mes sus viajes a otras ciudades lo mantenían ausente del hogar.

Coincidió con el primer embarazo cuando los números en rojo del balance aumentaron y ese detalle no pasó inadvertido por su padre. A él le alegó falta de energía por su avanzado estado de preñez al momento de atender a los clientes sumado a tener que hacerse cargo de las tareas administrativas. Su solución fue contratar al primer empleado.

Ramón le advirtió del desfasaje financiero y le otorgó un voto de confianza para que lo enmendara. Ella omitió contarle que una vez a la semana, hacía llevar en un taxi abonado por Dolores, a la doméstica de sus padres.

Al nacer su segundo hijo los números estaban en un punto de equilibrio, pero sin dar utilidades. Con la excusa de ampliar el horario de atención incorporó a su plantilla de trabajadores una niñera. Sus hijos no lograron retener el nombre de la cantidad de mujeres que, a corto plazo renunciaban, negándose a sus demandas. Una de ellas batió el récord de trabajarle cuarenta y ocho horas y la que le duró más lo hizo por un mes, resistiendo hasta cobrar su primer salario para nunca regresar.

El ardor de las discusiones con su marido por las desavenencias en la administración de la librería y las diferencias de criterios al priorizar las necesidades de sus hijos, provocaron serias fisuras en la relación. Ella lo menospreciaba con insultos acusándole de carecer de "escuela" para entender la prosperidad de un negocio y se jactaba de que, por sus conocimientos, ella jamás sería una "simple empleada".

Los viajes de su cónyuge se tornaron asiduos hasta que le comunicó su deseo de divorciarse. Eso se concretó tres años antes de la muerte de Ramón.

A él no le sorprendió la decisión porque un tiempo atrás su yerno le advirtió de la tormenta que se le avecinaba, pero sí le ocurrió al resto de la gente, al enterarse de la noticia referida a aquella mujer que siempre exhibió la imagen de formar una familia perfecta.

Soraya no pudo continuar burlándose de su prima que, al igual que ella durante el matrimonio, habló maravillas de su marido y, luego del divorcio resultó no ser arquitecto sino dibujante en una empresa constructora.

Nunca reconoció esa semejanza con la otra rama de la familia, a la que con ironía cuando hablaba de ellos, se refería como "los perfectos".

Ella acostumbraba a criticar lo que no era capaz de hacer con sí misma, siendo que había actuado de igual manera, agrandando el estatus de su marido.

Afrontar su propio divorcio fue devastador para su ego, pero no la derrumbó y aprovechó esa situación para usarla como excusa descuidando el negocio e incluso a sus hijos de siete y diez años.

Su prima insistió en llamarla telefónicamente para ir a apoyarla, pero Soraya distorsionó el motivo imaginando que ella quería regocijarse con su situación y logró evitar su visita.

Temiendo por ese aparente abandono personal, Ramón y Dolores la alentaron a seguir con la librería, incluso contratándole otro empleado para el turno que debía ser cubierto por ella. Esperaban que su vida volviera a la normalidad cuando se recuperara emocionalmente y nunca imaginaron que los planes de su hija eran otros.

Para ella era mejor negocio lamentarse por lo ocurrido y aprovechar cualquier señal de enfermedad para tirarse en la cama a mirar películas disfrutando de un postre mientras sus padres corrían a solucionarle los problemas.

Con el divorcio vino la separación de bienes, pero el hombre optó por no reclamar nada y dejarlo para sus hijos. Soraya no podía controlar sus celos y al regresar ellos de las visitas a su padre, los sometía a preguntas de rigor para que le contaran todo lo que habían visto, escuchado y realizado. Ella no estaba interesada en compartir la felicidad de ambos por esos encuentros ni de las experiencias afectivas. Su único interés era cerciorarse de las actividades de su exmarido. En uno de esos interrogatorios descubrió que él mantenía una relación con la secretaria de la empresa donde trabajaba porque ellos mencionaran haber almorzado con ella. Se sintió engañada y no dudó en asumir que el flirteo comenzó estando casado con ella, pero su conjetura no era correcta.

Llena de ira pretendió que su abogada le exigiera un dinero extra por cuota alimenticia al que realmente el susodicho no podía afrontar. Si no hubiese intervenido Ramón, mediando en la situación, ella era capaz de exponer a sus hijos a una guerra sin límites.

Su ánimo mejoró al año siguiente cuando estalló el problema de su hermana que trajo aparejado el divorcio.

En eso sí prefirió parecerse a ella sumando tristeza para merecer compasión y, con ello ampliar la ayuda económica de sus padres.

Convencida de que los magros resultados de su negocio se debían a la falta de estímulo de la gente para la lectura, al espacio donde tenía ubicada la librería, lo transformó en una papelería y tienda de conveniencia, pero terminó en bancarrota. Ella desligaba sus responsabilidades a los empleados sin que tuviesen los conocimientos necesarios y no se preocupaba en instruirlos. La única indicación recibida era, que en caso llegar su padre, justificaran su ausencia por estar visitando proveedores.

Las excusas y explicaciones terminaron cuando un día a mitad de la tarde llegó Ramón sin anunciarse y luego de escucharlos, sacó del bolsillo la llave de emergencia que tenía en su poder. Atónitos lo vieron ingresar a la vivienda. En el interior del inmueble la única luz que divisó provenía del dormitorio de su nieto mayor. Jamás pensó encontrarla en esa situación. Ramón no dio crédito ante la imagen que tenía frente a sus ojos. Sin percibir su presencia, Soraya siguió compenetrada jugando al solitario luciendo un deshabillé de seda. Al lado del teclado tenía servida una copa con vino y el cenicero rebozando de colillas impregnaba con olor a cigarrillo la habitación.

Ante esa escena dantesca Ramón, hábil con los números, le quitó lo afectivo al problema y sacado cuentas le resultó más rentable mantenerla, que tratar de impulsarla en los negocios.

—¡No puedo cerrar el negocio! ¡Es como un hijo para mí! –le exclamó a su padre tratando de conmoverlo.

—¡Y lo descuidaste igual que a mis nietos! –le reclamó el hombre sin dudarlo.

—No entiendes el dolor de ser abandonada con dos hijos... –dijo tratando nuevamente de doblegarlo.

—¡Acá se terminó la charla! ¡Estoy harto de tu vagancia y excusas!

Soraya nunca reconoció su responsabilidad en los fracasos.

Desde la muerte de su padre, ella solventó sus gastos con los ingresos recibidos al alquilar ese local comercial y el heredado del centro comercial. Si bien con ese dinero podía llevar una vida decorosa, los lujos y excesos los solventaba su madre, esperando con ansias la llegada del momento para acceder a la que prometía ser una herencia jugosa.

EL TE DE LAS PROGENITORAS

Parte II

Aprovechando que Carmela llevó la tetera a la cocina para reponer el contenido, Soraya salió al jardín para disfrutar de los cigarrillos *More* mentolados.

Al regresar, las mujeres conversaban animadas de un tema que a ella la tenía sin cuidado, pero no quería perdérselo.

—¿Cómo va la novela? –preguntó Olga.

—¿No sabes lo que pasó? ¡La empleada era hija del patrón! –exclamó Silvana.

—¿Y cuando ves la novela hijita? –preguntó Dolores con ingenuidad, al notar que el horario de transmisión coincidía con el de la tienda.

—Las empleadas de la boutique pasan hablando de eso, mamá -dijo tratando de disimular.

—Confiesa que tienes un televisor escondido en el depósito –mencionó Antonia, sabiendo la veracidad de sus dichos porque su hija Dora se lo había comentado.

—No tengo tiempo, trabajo mucho –volvió a remarcar Silvana mientras con su mirada recriminaba a su amiga por contar esa intimidad y le dedicaba un gesto para que controlara los comentarios de su madre.

—Pero…hablando de entretenimiento, ¿cómo le está yendo a mi sobrino mayor? –dijo a su hermana, devolviéndole la gentileza por no haberla socorrido.

—Pobrecito. Es muy sacrificado ser ingeniero de sonidos. ¡Está con los horarios cambiados! Tiene que dormir de día porque los eventos son de noche –contestó Soraya refiriéndose al bohemio de quince años.

—¿Qué eventos? –preguntó Olga.

—Pasa música en las festicholas de los amigos –aclaró Silvana.

—Ah... ¡es disc jockey! –dijo Antonia.

—Ojalá no se endulce con el dinero y pueda completar el secundario –comentó Miriam advirtiendo su edad y la conducta señalada por la madre.

—Bueno, no creo que lo termine. ¡Le pretenden enseñar materias que nunca va a usar! –contestó tratando de justificarlo.

—La música es su pasión. ¡Lástima que no aprovechó los instrumentos que le regalé para la banda de rock! –comentó apenada su abuela.

—Nunca me contaste de ese gasto –refunfuñó Silvana a su madre.

—Espero que esta vez se encamine porque el equipamiento me salió ¡carísimo! –volvió a decir, esperanzada en el futuro de su nieto.

—Si mamá, papá estaría orgulloso de él –remarcó Soraya.

—Papá hubiese hecho lo mismo, mejor que darles dinero es ofrecerles herramientas de trabajo –dijo Dolores mientras acariciaba a su gato.

—Entonces está ganando muy bien –sugirió Olga.

—Bueno, recién está promocionando su trabajo. Son inversiones de marketing -remarcó en su defensa.

—¡La está pasando bárbaro ese chico! –dijo Antonia, aprovechando los segundos de silencio para hacer su comentario.

—¿Tu otro hijo va a seguir siendo compañero del mío? –le consultó Dora a Soraya, refiriéndose al menor que al igual que el suyo se preparaba para ingresar al nivel secundario del colegio privado.

—Todavía no sé qué voy a hacer con él, insiste en irse a vivir con el padre. ¡A propósito saca malas calificaciones!

—Lo debe tener convencido de que es la forma de llevárselo -agregó Silvana, obligando a su hermana para que hablara de un tema que no le gustaba dar a conocer.

—¿No será que el chico está haciendo un llamado de atención? –sugirió Miriam con su experiencia como asistente social.

—¿Que llamado de atención? ¡Es la manipulación del padre! –contestó Soraya enfadada por recordar a quien fuera su marido.

—¡Siempre los "ex" son así! La culpa es nuestra por no dejarlos a tiempo y haberlos aguantado por el bienestar emocional de los chicos –comentó Dora sintiéndose identificada con la situación.

—¡Uno corre de un lado para otro para ser una madre presente y ellos no lo reconocen! –lanzó Soraya su exclamación indignada.

—Es verdad hijita. Mi chofer deja de hacer mis vueltas para poder ayudarte –dijo Dolores sobre los malabares que hacía su empleado para cumplir con su trabajo mientras recorría la ciudad llevándolos a las actividades, sin la compañía de Soraya.

—Me parece que el niño tiene necesidad de pasar tiempo con su padre –sugirió Miriam.

—¿Para qué? ¡El otro día me lo devolvió casi sin pelo! ¿Pueden creer que se lo cortó esa mujer con la que vive? ¡Ella misma se lo cortó! –remarcó Soraya.

—¿Es peluquera? –preguntó Olga.

— ¡Que va a ser! ¡Ni eso es! –dijo Soraya omitiendo la información recabada en sus investigaciones donde descubrió que mientras trabaja de secretaria estudió ciencias económicas al igual que su difunto padre.

—¡De lo que son capaces de hacer para no gastar un centavo en los chicos! –exclamó Dora.

—Pero mi nieto me dijo que a él le gusta el nuevo corte –aseguró Dolores, sin atreverse a mencionar que también le encantaba pasar tiempo armando rompecabezas con aquella mujer.

—¡Por favor mamá! No importa si le gusta o no. La madre soy yo. ¡El padre debió haberme pedido autorización! –enfatizó.

—Ve aprendiendo Miriam para cuando encuentres marido –le dijo Olga a su hija que, al escuchar las expresiones de todas, cerró sus ojos y suspiró controlando un impulso de responder.

Mientras las mujeres continuaban con el juego y la charla reflexionó apenada al sentir que esas mujeres no entendían que los hijos no son objetos.

Capítulo VII

La Casamentera

EL TE DE LAS PROGENITORAS

Parte I

Ese día cuando llegaron Olga y su hija a casa de su patrona, Carmela las recordó perfectamente. La primera vez que las vio fue en el velatorio de Ramón. Aquel día ellas captaron su atención por sus actitudes. En cuanto arribaron ambas se apoyaron a una pared junto a la puerta de ingreso y fue la mayor de las mujeres quien buscó con su mirada la ubicación de los familiares.

Carmela tuvo el tiempo suficiente para contemplarlas y detectar cuando ella golpeó con su codo a Miriam, obligándola a acompañarla mientras se hacía un espacio para avanzar entre los presentes hacia el frente de la sala.

Ni bien Olga reconoció a Carlos -por una foto que vio en el escritorio del Estudio Contable de Ramón- empujó a su hija sin ningún reparo hacia la mesa de café donde él conversaba con sus primos.

El brusco impacto del brazo de Miriam en la espalda del joven casi le provocó derramar el contenido de la taza.

A pocos metros de esa escena, Olga, con lágrimas repentinas cubriendo su rostro, se acercó a Dolores portando un ramo de flores frescas que delataba no ser preparado por un florista y, apretó con suavidad las manos de la viuda que permanecían inmóviles sobre el regazo de su falda negra.

La mujer sintió genuina la muestra de afecto de la desconocida y, esa aflicción la conmovió. Aprovechando que sus hijas dejaron los asientos vacíos para irse a llorar en los hombros de quienes se les acercaban, la invitó a sentarse a su lado.

Olga era una de las tantas personas que beneficiada por el asesoramiento financiero de Ramón había logrado saldar sus deudas.

Ella se había casado no precisamente por amor sino porque a su criterio, no le quedó otra opción. Nunca tuvo condiciones ni ganas de estudiar y sus padres, dos trabajadores rurales vieron como su hija sin haber terminado el secundario se empleó de limpiadora en casas de familias.

Los candidatos que se le acercaban no eran acordes a sus expectativas económicas y en su búsqueda por encontrar el mejor partido se le pasó el tiempo y tuvo que aceptar el ofrecimiento al propietario del kiosco de la plaza que desde hacía varios años la pretendía conquistar.

Cualquier mujer hubiese estado feliz con esa propuesta ya que el honesto y trabajador hombre no tenía vicios, no se le conocían historias turbias y se esmeraba en complacerla en sus gustos, pero para ella, ese matrimonio fue resignar su aspiración a un estatus social del que no formaba parte.

Al enviudar vendió el único negocio que le generaba ingresos aparte de la pensión del difunto y su mal manejo de las finanzas la llevaron a una cadena de errores que, si no fuera porque se enteró de la existencia de Ramón, hubiera perdido su vivienda.

Olga escuchó de Ramón en uno de los tantos velatorios a los que acudía justo cuando más necesitaba de ese dato y al siguiente día se presentó en su estudio en busca de ayuda.

En aquella reunión le reconoció haber vendido el negocio porque no se sentía feliz atendiendo un kiosco de plaza. Con su acostumbrada paciencia, el contador le explicó que, al no invertir ese dinero en algo para generar nuevos ingresos, estuvo consumiendo su capital.

Ante ese panorama le elaboró la lista de gastos que debía suprimir y un esquema de cuotas para concluir con las deudas, evitando que los intereses se duplicaran. Sin alternativa, Olga tuvo que aceptar el ajuste propuesto.

A los seis meses de ese encuentro logró finalizar sus problemas económicos, aunque para ella eso no era suficiente, pues según su plan el bienestar estaba supeditado a lograr casar a Miriam con alguien acaudalado y así salir de aquella austeridad que, si bien le permitía vivir dignamente, le arrebataba su sueño de grandeza.

La mañana que, siguiendo su rutina de escuchar los anuncios necrológicos, se sorprendió al escuchar el nombre de su contador, dejó a un lado la libreta dónde acostumbraba a registrar los nombres de los viudos, solteros o divorciados con buena dote y le avisó a su hija de la triste noticia.

El jardín de su vivienda era cómplice de sus andanzas, de ahí salían los ramos que llevaba a los velatorios y cuando terminaba la floración de sus plantas, durante la noche cortaba las de los vecinos.

En su bolso de mano no faltaba el frasco de perfume por si alguien se desmayaba y un pañuelo donde derramar sus lágrimas.

Acudir al velatorio de Ramón fue uno de los pocos a los que realmente la impulsó un sentimiento genuino, motivado por agradecimiento y tristeza.

Con la finalidad de paliar el desconsuelo de Dolores, los campesinos le llevaron elaboraciones propias de quesos y mermeladas artesanas y Olga no rehusó aceptar algunos de ellos por parte de la viuda.

Desde aquel día ella comenzó a frecuentar a la viuda mediante llamados y visitas decidida a captar cualquier indicio de una visita de Carlos para lograr un nuevo encuentro entre él y Miriam.

Algunos días llegaba de sorpresa cargando una torta o magdalenas elaboradas por ella misma y se instalaba a ver la telenovela exitosa del momento amenizando la tarde con cuentos sobre la vecindad.

Dolores la recibía creyendo que de esa manera continuaba con la obra de su marido y esa relación terminó consolidándose en una genuina amistad entre ambas.

A Soraya y Silvana no las inquietó esa cercanía con su madre. Estaban seguras de que Olga no le sacaba dinero para ninguna obra de beneficencia ni su propio goce y en definitiva para sus planes les resultaba perfecto porque al mantenerla entretenida les permitía a ellas disponer de mayor tiempo libre.

Ellas alentaban ese vínculo que lograba mantenerla sin salir de su casa y por lo tanto disminuía sus paseos de compras. Ambas consideraban que los regalos que Olga pudiera recibir por parte de Dolores serían menos onerosos que las donaciones a las que la sonsacaban sus amigas sociales.

Parte II

A medida que la tarde avanzaba, las bandejas de fina losa se fueron vaciando y, entre el murmullo, se escuchó la voz de Silvana.

—Bueno, ¿vamos a jugar o no? –preguntó ansiosa por dar inicio a la partida mientras frotaba sus manos entre sí.

—¡Vamos! ¡Vamos! –dijo Antonia a su hija.

—¿A que van a jugar? –preguntó Miriam.

—¡Bridge por supuesto! –exclamó Antonia.

—Ahhh. No se jugar… –comentó la mujer.

—Otro día te enseñamos, pero ven a mirar así vas aprendiendo –le dijo Silvana, feliz al percibir la posibilidad de entrenar un posible reemplazo para alguna de las jugadoras.

—No se entusiasmen… el juego no es lo mío –expresó Miriam mientras buscaba donde acomodar su silla entre las cuatro mujeres únicamente con la intención de observar el mecanismo de juego. Las duplas se conformaron sin perder tiempo: Silvana-Soraya, Antonia-Dora.

La menor de las hijas de la anfitriona mezcló los cincuenta y dos naipes de la baraja inglesa en el aparato mezclador y comenzó deprisa con el reparto hasta entregar trece cartas a cada una de las participantes.

—Yo intenté aprenderlo, pero no pude. Prefiero jugar a la canasta -le dijo Dolores a Olga mientras, desde la mesa de té, ambas contemplaban los extraños rituales que las contrincantes llevaban a cabo, como parte de sus estrategias de buena suerte, para ganar la partida.

Silvana dio tres vueltas alrededor de la silla antes de tocar las cartas, Antonia puso una pierna sobre la otra para un lado y luego para el otro, controlando el ritmo al hacerlo, Dora sopló tres veces el espacio delante de ella donde le entregarían sus naipes y Soraya simplemente se puso sus anteojos de aumento confiada en sí misma.

—¡Es un deporte olímpico mamá! –le espetó Silvana a la vez que tomaba entre sus manos el mazo de cartas.

—¿Deporte olímpico? –preguntó Miriam asombrada.

—Bueno...está reconocido por el Comité Olímpico Internacional. Pasa lo mismo con el ajedrez, pero no participa en las olimpiadas –explicó Soraya con su característica contundencia.

—A mí no me interesan esos juegos. Prefiero ver un programa en la televisión –sentenció Olga mientras simultáneamente se levantaba de la silla para dirigirse hasta su bolsa de tela.

—Igual no lo entendería –les susurró Soraya sin importarle la presencia de Miriam.

—Mira amiga lo que traje para mostrarte –exclamó Olga mientras exhibía entre sus manos un rectángulo de madera oscura con letras pintadas en blanco.

—¿Qué es? –le preguntó Dolores.

—Lo acabo de terminar. Quiero colgarlo al lado de la puerta de entrada a mi casa. ¡Que todos lo vean! –sentenció orgullosa.

—"*Bienvenido a esta casa si no trae chismes*" –leyó Dolores en voz alta.

—Está muy bueno! –gritó Silvana desde la mesa contigua en tono burlón.

—¡Pero te vas a quedar sin información! –dijo sarcástica Antonia.

—A mí no me gusta. Yo no lo pondría –se escuchó decir a Soraya dando su opinión siempre fiel a su estilo directo.

—Yo también soy artesana –comentó Dolores no queriendo pasar desapercibida, considerando necesario seguir agregándose habilidades.

—¡Por favor mamá! ¡Que hayas gastado en un curso y tengas todas las herramientas disponibles en el mercado no te da el oficio! ¡Como si comprar un bisturí me hiciera cirujana! –exclamó Soraya.

—Hablando de cirujanos…ayer murió la viuda de González, la del supermercado –dijo Olga cambiando el tema de conversación, tratando de salvar a su amiga.

—¿Cómo te enteraste? –le preguntó Antonia.

—Ayer lo escuché en la radio. Me encanta despertarme temprano, prepararme un café con leche y sentarme a escuchar las necrológicas –respondió.

—Honestamente no se me ocurriría hacer eso –lanzó su comentario punzante Soraya.

—No todos tenemos los mismos gustos –dijo Silvana tratando de relajar el incómodo comentario de su hermana.

—¿Ustedes creen que cerrarán el negocio? –consultó Olga.

—No creo, funciona muy bien. Seguramente alguno de sus hijos se hará cargo –comentó Dolores.

—Mmm...no sé si les va tan bien. Sé de buena fuente que están pidiendo préstamos al Banco Nacional –aseguró Antonia.

—¿Se estarán fundiendo? –volvió a interrogarlas Olga.

—Mamá, no seas exagerada –la reprendió su hija sabiendo que ella tenía la tendencia a maximizar sus comentarios.

—En el velatorio no escuché nada de eso... –volvió a decir la mujer, confirmando su presencia en ese evento.

—¿Eres amiga de la familia? –interrogó Soraya a Olga, dudando de esa relación.

—¡Todos la conocíamos! –exclamó Dolores devolviendo el favor de socorrer a su amiga.

Carmela era la única que tenía un dato certero, pero no se atrevió a interrumpirlas. Resulta que ellos estaban construyendo una nueva sucursal en su barrio, en la zona sur de la ciudad.

—Parece que esos herederos dejaron de ser buenos candidatos! –dijo entre risas Silvana.

Miriam prefirió callar para no delatar su verdadera postura frente al tema. No tenía intención de explicarles sobre la encrucijada sentimental con la que batallaba desde su infancia.

«El dinero no es todo para ser feliz y esta familia es un ejemplo de eso» –pensó Carmela mientras le alcanzaba a su patrona el frasco para perfumar a su mascota.

Capítulo VIII

La Incomprendida

EL TE DE LAS PROGENITORAS

Parte I

Desde niña los gustos de Miriam difirieron de los preferidos por sus amigas del barrio y en vez de querer jugar con las populares muñecas de plástico de rasgos armoniosos optaba por ensuciarse en los partidos de fútbol con su única presencia femenina.

La tarde que regresó del colegio con la vestimenta rasgada la afectó para siempre.

La brutalidad del desgarro en la prenda fue a consecuencia de un tirón que encerrada en el baño ella misma se propinó, al no encontrar otro mecanismo para expresar su impotencia ante las niñas que en el recreo la llamaron "varoncito".

No sólo al llegar a su casa tuvo que enfrentar el enojo de Olga haciéndola zurcir la prenda, sino que, al escuchar su versión de lo acontecido, no entendió el trasfondo que encerraba aquella palabra en los sentimientos de su hija y la culpó por preferir estar con el sexo opuesto.

Desde ese momento ella se obligó a interactuar con las compañeras de curso que, sin darle mayor importancia, al siguiente día ya se habían olvidado del comentario.

Creció jugando partidas de rayuela mientras anhelaba transpirar corriendo tras la pelota y coleccionar camiones de bombero como lo hacían los vecinos de la cuadra.

La segunda vez que un comentario de su madre la lastimó y nunca olvidó sucedió al regresar de un paseo con su padre. Ella acostumbraba a ir al kiosco familiar a buscar dulces y mimos de quien la colmaba de afecto.

Buscando la complicidad en sus gustos y sintiendo que él la comprendía mejor que su mamá, ella le pidió que le comprara su primer auto de colección.

El padre, entendiendo que la niña no tenía hermano y era lógica su curiosidad por jugar con esa clase de objetos, no dudó en complacerla.

La alegría del trayecto desde la juguetería hasta llegar a la vivienda cargando el paquete, se convirtió desazón.

Ambos tuvieron que soportar los gritos de Olga enfadada por el gasto, considerando que comprarle un cochecito de muñecas era más apropiado para exhibirlo delante de las demás niñas en lugar de esa "porquería", como lo calificó.

Al llegar a la adolescencia, la información necesaria sobre los cambios en su cuerpo no le fue entregada por quien debía. Cuando entró en la etapa del desarrollo ella se encerró en los estudios sin comprender por qué no la atraían los varones sumado a la molestia que le provocaban los intentos de su madre para encontrarle un novio.

Olga no apoyó su sueño de continuar estudiando al egresar del secundario y tan solo se concentró en buscarle un candidato entre aquellos muchachos que, para su visión, eran los herederos más codiciados.

Primero fue el turno de Sergio -el hijo del taller de automóviles- al que Miriam rechazó con la excusa de molestarle el color negro arraigado debajo de sus uñas, después llegó el turno de Alfonso -el desgarbado joven de la sanitaria- pero, aunque Olga intentó acercarlo fingiendo roturas en las cañerías no logró que él se fijara en su hija.

Ni Esteban -el primogénito de la confitería- quedó fuera de la lista de candidatos y en este caso, para buena fortuna de Miriam, sus horarios eran tan complicados que nunca coincidían para verse.

A escondidas de su madre, pero con la anuencia de su padre, se inscribió como aspirante a usufructuar de una beca otorgada por la ciudad para estudios universitarios y lo logró conseguir.

La soñada liberación la experimentó a los pocos meses, sentada en el autobús que la trasladaba a la capital.

Fue en aquel entorno estudiantil que conoció a una joven recién llegada del extranjero, hija de un funcionario diplomático. Con ella pudo establecer una relación de amistad que desencadenó en la confesión recíproca coincidiendo en la inquietud que las atormentaba.

Por la carrera elegida ella participó de reuniones y charlas donde el contacto con otras vivencias la involucró en diversas realidades provocándole una apertura mental, confirmando que el mundo no se limitaba al impuesto por su madre.

La formación académica adquirida le permitió justificar la actitud de Olga atribuyéndolo a su ignorancia sumado su obstinación por casarla como a ella misma le hubiese gustado hacerlo.

Cada vez que intentaba comunicarse con su madre en un plano de profundidad emocional, Olga cambiaba de tema y no le permitía continuar con la charla donde podría expresar sus verdaderos gustos y sentimientos.

Mientras cursaba la carrera falleció su padre. En ese momento, aún ante los pretextos de su madre tratando de convencerla para que abandonara todo y regresara de inmediato a su lado, ella no desistió.

Concluida la licenciatura en ciencias sociales Miriam regresó al lugar que le otorgó ese privilegio, consciente de que eso conllevaría perder parte de la independencia lograda, pero con la convicción de que debía retribuirle a su gente por haberle dado la oportunidad de estudiar.

Allí se empleó como asistente social en el hospital público y desplegó todo su conocimiento, siendo una profesional muy requerida.

Olga en ese entonces estaba tratando de cancelar las deudas con ayuda de Ramón, sin reconocer ante nadie que ella le entregaba parte de su salario.

En esa ciudad, el medio fue atrapándola con exigencias sociales a las que no quería responder y la insistencia de su madre por casarla se tornó insoportable.

Su vía de escape eran las comunicaciones telefónicas que mantenía con su amiga capitalina o las visitas que le hacía una vez al mes.

Una vez superados los problemas económicos, comenzó a armar un plan para retornar a la capital, ayudada por esa mujer que, en ese entonces, estaba participando en grupos de apoyo para personas que no encontraban su lugar en el mundo.

Parte II

Sentada en la sala de la casa de Dolores, por momentos, Miriam olvidaba la tensión que le provocaba tener que comunicarle a su madre sobre su decisión de mudarse a la capital. Convencida de que Olga no escucharía sus razones y catalogaría su postura como desleal y le reprocharía el abandono a su persona, se prometió no dilatar el anuncio.

Su rostro delicado ausente de maquillaje enmarcado con el cabello lacio que apenas llegaba al cuello de la blusa y el jean de tiro bajo, que popularmente se imponía en la moda no solo femenina, contrastaba con el resto de las presentes.

Su figura aparentaba poco esfuerzo al momento de agregar accesorios a su vestimenta, excepto por un anillo plateado que lucía en la misma mano del modesto reloj de su difunto padre.

Esa tarde acompañó a su madre por tratarse de un té muy especial para su amiga y se sorprendió escuchando los comentarios de aquellas mujeres tan distintas a ella.

En la primera oportunidad que se presentó su madre la incomodó con sus acostumbrados comentarios.

—¿Saben que Miriam tiene un amigo misterioso? –dijo Olga.

—¡Ya empezaste mamá! –protestó.

—¿En serio? –le preguntó Silvana y, aprovechando que se sentaba a su lado, la tocó con su codo sin soltar los naipes.

—No es de acá –contestó esperando que con esa respuesta le restaran importancia al tema.

—¡Es capitalino! –exclamó Olga con orgullo.

—¿Y cómo vas? –le preguntó Dora.

—Por ahora bien... –contestó mostrando desinterés por el asunto, mientras disimulaba mirando las cartas que tenía Silvana entre sus manos.

—¡Que no te descubra! –gritó Soraya intuyendo la problemática de Miriam.

—¿Tú también sabes? –le preguntó Olga.

—Es evidente –contestó Soraya, aunque dudó de que se referían a la misma cuestión.

—Ah bueno, ¡cuenten que no entiendo nada! –exclamó Antonia.

—Chicas, no la molesten. Que cuente lo que quiera –dijo Dolores también intrigada.

—Cuenta, cuenta. ¡Aunque esté Antonia de acá no sale! –la alentó Silvana deteniendo la jugada.

—¿Que escondes Miriam? –la interrogó Antonia obviando el comentario de Silvana por una cuestión de mayor interés.

—Lo cuentas o lo digo yo –amenazó Olga a su hija.

—¡Mamá! Exclamó primero recriminando a su madre y, temiendo un comentario de Soraya, exclamó nerviosa: ¡Es vegetariano! ¡Eso es lo que pasa!

—¿Vegetariano? ¡te hubieras buscado uno normal! –le dijo Dora.

—¿Y cuál es el problema? –preguntaron al unísono Silvana y Dolores.

—¡Que ella come carne a escondidas! –acotó Olga.

—¿Qué clase de vegetariano? –le cuestionó Soraya con sarcasmo.

—No come nada animal salvo los lácteos –contestó incómoda.

—¿Y huevos? –preguntó Antonia.

—Obvio que no come huevos –dijo sonriendo Soraya que no podía contener sus suspicaces pensamientos.

—¿Que complicado!, ¡búscate otro! –dijo Dora.

—¡No le den malas ideas! ¡A ella nadie le viene bien! ¡Todos tienen defectos, menos su amiga Gloria, ¡ella es perfecta! –exclamó Olga.

—¡Basta mamá! -dijo esta vez notoriamente molesta.

—Me parece que dejaste pasar mucho tiempo para colocarla –le dijo Antonia a Olga porque con su astucia, ante los comentarios de Soraya, comenzó a darse cuenta de lo que sucedía con la mujer.

—¡He ganado una nueva basa! -exclamó Antonia aprovechando la distracción del grupo y Miriam se levantó de su silla para encaminarse al baño buscando controlarse de hacer una escena, deseando que la actividad llegara a su fin.

«Ojalá que ella no renuncie en su búsqueda» –pensó Carmela, contemplando la incomodidad de la solterona.

Capítulo IX

La Autoritaria

EL TE DE LAS PROGENITORAS

Parte I

Imitando a los expertos crupier del casino, Antonia repartía los naipes entre sus compañeras de bridge, sobre el fieltro verde.

Cuando la jugada se lo permitía, se acercaba a las bandejas de la mesa contigua para ingerir, de un bocado, alguna de las exquisiteces y regresaba con nerviosismo a su asiento. Con sobrada vileza y disimulo, calculaba las opciones posibles mediante el conteo mental de las cartas, observaba los movimientos de sus contrincantes y lanzaba comentarios en busca de algún dato, distrayéndolas con chismes para lograr su objetivo.

Conocedora de todas sus artimañas, Dora no disimulaba su orgullo, pero se avergonzaba cuando tenía que recordarle a su madre que conversaba sin que fuera un impedimento el hecho de tener restos de comida, expulsando alguno fuera de su boca, mezclado con saliva.

Ignorando sus correcciones, Antonia seguía con el juego, pero esa actitud no pasaba desapercibida para

Carmela que, recordaba con agradecimiento los buenos modales impartidos por las religiosas durante su infancia, ésos que las hijas de Dolores aprendieron de su abuela materna y que en ese momento toleraban, con tal de no perder a la jugadora.

Carmela conocía los rumores sobre la vida de Antonia. Sus dos hijos y Dora concurrieron al mismo colegio y, aunque ella no alimentó los comentarios, escuchó hablar a las otras madres sobre las infidelidades a su marido.

Cuando llegó el momento de elegir el secundario la condición económica de aquella familia mejoró a pasos agigantados por lo que a la hija de Antonia la matricularon en el mismo instituto al que concurrió Dolores y todos sus hijos. En esa ciudad transformada en pocos años en una urbe, ella era conocida primero por sus andanzas, su codicia y luego por sus ostentaciones.

Antonia conoció a quien se transformó en su marido en el año mil novecientos sesenta y seis cuando tenía veintiséis años, una edad donde la mayoría de su generación estaba casada, otras trabajando y las osadas ejerciendo una profesión.

Su padre se jubiló muy joven de su trabajo como ferroviario por razones de salud y su madre era ama de casa. Ellos no pudieron contener su carácter que, trabajando para una oficina administrativa del gobierno era dueña de su economía y de sus decisiones.

El terror se apoderó de Antonia al ser sorprendida por un atraso en su menstruación.

Dos meses más tarde, obligada a evitar la humillación, no le quedó otra opción que casarse con el apuesto, pero no muy listo, propietario de la tienda de ropa de segunda mano que funcionaba en el garaje de quienes se transformaron en sus suegros.

El nacimiento de Dora no desvió su objetivo por mejorar el estatus. Ella tomó el liderazgo e impulsó el crecimiento del negocio dejando a su hija al cuidado de su marido con las mamaderas en el refrigerador y se embarcaba en un autobús todos los fines de semana hasta la frontera del país limítrofe, en busca de prendas baratas para revender.

Las estanterías del negocio se transformaron en impecables percheros con mezcla de prendas usadas y nuevas mientras sus viajes se tornaron frecuentes.

Los rumores se acrecentaron diciendo que la mujer aprovechaba sus encantos femeninos para doblegar al desprevenido guardia de turno en el puesto de control fronterizo y así pasar sin ningún inconveniente varias valijas repletas de prendas.

La primera inversión que realizó sin consultarlo al marido fue la compra de un automóvil *Opel* modelo *Kandett*, lo que le permitió aumentar la carga de mercadería de contrabando.

El siguiente movimiento fue renunciar a su trabajo y dejar a aquel hombre en la tienda del garaje con su rubro inicial -la venta de ropa usada- y simultáneamente alquiló un local comercial en la calle principal para montar una boutique con nombre parisino. Por el tipo de personal masculino contratado y el toque femenino en los escaparates con novedosas combinaciones, las mujeres de la ciudad no resistieron la tentación de atravesar la puerta del negocio.

El negocio floreció, pero nada cambió para su marido. Ella se encargaba de las compras, la administración y lo social. Su hija mientras tanto quedaba al cuidado de los abuelos maternos o paternos que, ignorando sus picardías admiraban el sacrificio por el futuro de la nieta.

La mañana que Antonia con cuarenta y tres años acompañó a su hija de dieciséis años y sus amigas, a la fiesta de egresados del Cuartel del ejército, no sospechó que su vida cambiaría de rumbo.

Su vasta experiencia le permitió detectar las intenciones de un hombre uniformado que, con esfuerzo evidente al vestirse ese día, apenas había podido abotonar la chaqueta en su vientre.

Con excusas animó a las entusiasmadas jóvenes a mezclarse con el público entre el sonido de la banda musical y el murmullo de los alborotados padres que abrazaban orgullosos a sus hijos graduados como oficiales.

El general del ejército formaba parte de la comitiva que estaba de paso por la ciudad para ese evento tan relevante.

La nariz pronunciada y el notorio efecto en su cuerpo como resultado del consumo excesivo de alcohol fuera del horario de trabajo no fueron relevantes para ella, ante el poder que la profesión del hombre ostentaba en sus charreteras.

Antonia, dueña de una belleza que no pasaba desapercibida para la mayoría del sexo opuesto se las ingenió para mantener una relación clandestina aún a sabiendas de la existencia de sus respectivas familias.

Ésos fueron los años de mayor productividad de la tienda. Ayudada por los contactos de su amante el contrabando se incrementó y, alardeando de que ese florecimiento empresarial se justificaba con sus acertadas decisiones, manejaba las finanzas a su antojo sin que el padre de su hija se atreviera a contradecirla.

En los viajes a la gran urbe, mientras visitaba a su hija universitaria, Antonia comenzó una nueva aventura amorosa con un hombre presentado por su amante. El general nunca imaginó que ni bien pidiera su paso a retiro ella lo cambiaría por ese contacto: el presidente de un importante banco internacional.

Al poco tiempo de iniciado el flamante amorío sucedió lo que cualquier persona calificaría como una desgracia, pero para ella fue un golpe de suerte.

Resulta que, a la hora de cierre del negocio, mientras el marido ordenaba las estanterías, encontró entre las prendas una carta anónima con su nombre como destinatario. En el texto le advertían que las alhajas apiladas en los dedos y el cuello de su mujer eran fruto de su relación extramatrimonial con un joyero.

El impacto de la noticia provocó un infarto al desprevenido hombre, falleciendo en el baño de su casa, luego de permanecer encerrado llorando. Fue Antonia quien lo encontró luego de acudir a buscarlo, al constatar que no había regresado a la casa con las compras del supermercado. Nadie se enteró de ese papel, salvo ella que, al advertir su existencia y el tenor de su contenido, expulsó por el inodoro esa única prueba del desenlace fatal.

Luego del entierro, consiente de no ser muy querida por sus acciones y argumentando que seguramente estuvo organizado por alguna persona envidiosa, mientras bebía el contenido de una copa de vino, le confió a su hija sobre el texto y su drástica medida. A fin de cuentas, ése romance que le adjudicaban no era verdad y, de lo único que podían culparla era de reunirse a puertas cerradas en el local del joyero por ser la clienta más selecta dados los altos importes en efectivo, invertidos en su negocio.

Ni tonta ni perezosa cerró el negocio del garaje y en pocos meses trasladó sus ancianos suegros al mismo lugar donde cuidaban a sus padres: una Casa de Salud.

De inmediato ordenó la venta de todas sus pertenencias, justificando esa actitud para poder solventarles una buena estadía, aunque obviamente no fue esa la razón que la motivó.

Nunca le importó en absoluto lo que pudieran decir de ella y se dedicó a vivir de las buenas inversiones sin ningún tipo de apremio monetario.

Cuando uno de sus amantes le avisó que una importadora estaba por dar quiebra, ella la compró a un precio ridículo y comenzó a abastecerla mezclando compras legales con camiones de contrabando.

Pronto llegó a la ciudad el boom de las salas de juego atestadas de curiosos recorriendo las mesas, animándose con algunas fichas para experimentar un exceso de adrenalina.

La inauguración de un moderno complejo hotelero con restaurante, casino y boutiques de marcas internacionales abrió sus puertas en medio de la curiosidad local y entregó novedosas tarjetas de miembros con sus nombres impresos a las personas consideradas clientes potenciales para el esplendoroso negocio. Antonia fue una de ellas.

Primero probó su suerte en las tragamonedas, luego el punto y banca, hasta descubrir el entretenimiento que la colmaría: la ruleta.

Aquella edificación lujosa se convirtió rápidamente en el centro de reuniones sociales. En las mesas de ruleta se la veía con frecuencia concentrada estudiando cómo era lanzada la bola por el trabajador de turno, afanosa de encontrar la forma de predecir los números ganadores.

En cuanto a Dora, siempre la alentó a que en las relaciones afectivas no priorizara el corazón: "En el amor hay que ser egoísta", le solía repetir.

La instruyó de todas las formas posible para evitar un embarazo no deseado y le rogó que en caso de una mínima sospecha se lo comunicara de inmediato porque sabía de la existencia de una clínica especializada en solucionar "esos problemas" -tal como los definía.

Su hija no siguió sus consejos y se casó enamorada y como nunca se esmeró en lograr una buena relación con su yerno, terminaron peleados.

Dora era quien llegaba a la ciudad de visita con su nieto, momentos en los que Antonia aprovechaba cada diferencia que su hija tenía con su yerno para arrastrarla a escondidas en noches de juego, dejando a su nieto al cuidado de una niñera contratada por hora.

Los movimientos migratorios se acentuaron ayudando a que las historias de su pasado se disiparan.

Aprovechando la información recabada en las jornadas de alta competencia, o de su compañero de turno, pasó a ser un centro de inteligencia conociendo vida y obra de los habitantes incluso de las ciudades cercanas.

Su pasión por el juego era tan fuerte que salvo en contadas ocasiones usaba relojes automáticos, prefiriendo los a cuarzo porque podía programar la alarma. Cuando le indicaba la apertura de las puertas de ingreso a la sala del casino, la arrebataba de donde estuviese. Eso fue lo que aconteció al retirarse del espectáculo más esperado por el público local al que muchos se quedaron sin la posibilidad de asistir por no ser clientes preferenciales donde ella argumentó su repentina retirada, argumentando que el evento carecía la calidad musical a la que estaba acostumbrada; tampoco le importó la vez que se fue del teatro donde su nieto mostraba sus aptitudes en el piano.

Parte II

Ese día era la primera vez que concurrían a la casa de Dolores. Antonia acompañaba a su hija, prácticamente de la misma edad de Silvana, con la que se conocían desde el secundario y se habían reencontrado en la sala especial para clientes exclusivos del casino.

—Ah, pero antes de que me olvide, ¡tengo una primiciaaa...! -exclamó Antonia alardeando.

—¿De qué te enteraste esta vez? -preguntó Silvana.

—¿Se acuerdan del "tarotista" que anunciaba en el periódico con su imagen? -les preguntó Antonia.

—No.... -dijeron algunas de ellas casi al unísono, excepto la dueña de casa.

—Yo sí -aseguró Dolores sin advertir que nada bueno se avecinaba.

—¡Si será farsante! Me lo encontré en una fiesta de nuestro próximo presidente del país. ¡Ahora se dedica a animar eventos! Cuando lo reconocí me dijo que se tuvo que ir de acá porque tuvo una visión premonitoria y tenebrosa de una asidua clienta –volvió a exclamar a las risas.

—¡A cuántas habrá engañado! –dijo Silvana.

—Quise que me contara quien era la clienta y me dijo que no podía decirlo porque infringía el secreto profesional.

—¡Un embaucador! –exclamó Olga.

—Yo prefiero gastarlo en otras diversiones –dijo Silvana.

—¡Viste mamá! ¡En ésta no caíste! –gritó Soraya desconociendo que el hombre frecuentó esa vivienda.

—Nooo...yo no creo en esas cosas –dijo Dolores sabiendo que Carmela jamás la delataría y con su mirada le indicó a la empleada una acción que la mujer entendió perfectamente. De prisa ella se dirigió a la recámara de Dolores para asegurarse de que ninguna de aquellas barajas estuviese a la vista de Soraya y Silvana.

—¿Les gusta mi nueva mesa? El otro día fui a la mueblería porque me faltaba donde apoyar el teléfono –dijo la anfitriona, decidida a cambiar el tema de conversación.

—¡Otro mueble más! ¡Si tu teléfono es inalámbrico y la base está en la cocina! –se escuchó decir a Silvana enojada por el nuevo gasto innecesario.

—Hija, ¿dónde pretendes que apoye la libreta de direcciones?

—¡La habrás pago como oro! –exclamó Soraya sin perder la atención a sus barajas.

—No hijita, no seas así. Rosita me hizo un precio especial como siempre y ¡hasta me regaló una bandeja de plata!

—¿De plata?, son de peltre, yo las vi –dijo Antonia.

—¡Viste mama! Confía en Antonia que de joyería sabe ¡y muuucho! –remató Soraya dando muestras de no olvidar los rumores del pasado de la invitada.

—Bueno, igual lo que quería decirles es que hay que ayudarla. Me dijo que no le está yendo bien con el negocio –comentó Dolores.

—¿Qué? ¡Si ayer estaba en el atelier de los mellizos probándose un vestido de alta costura! La semana que viene inaugura una sucursal en la capital. ¡A mí me invitó! –remarcó Antonia.

—¡No aprendes más mamá! ¡Con todo lo que compras en ese negocio ya eres una socia! Me imagino que te invitó, ¿verdad? –le preguntó Silvana.

—Sí, pero no voy a ir –contestó sabiendo que mentía.

—Yo voy a ir en tu lugar –se ofreció Olga.

—Puedes darle la invitación. Con la cantidad de gente que seguramente seremos, ¡nadie se va a dar cuenta! –le sugirió Antonia.

—Ella no me la dio. Debe haberla enviado por correo –comentó Dolores no sabiendo cómo salir de la situación embarazosa sin reconocer que no la participaron al evento.

—Hablando de correo, el otro día me enteré de que le llegaron los papeles de divorcio al dueño de la automotora. ¡Dicen que se peleó con el pobre cartero! –dijo a las risotadas Antonia mientras Dolores respiraba profundo, agradeciendo el cambio de rumbo de la conversación.

—¿La esposa lo dejó? –preguntó interesa Olga.

—¡Mamá!, ¡ni se te ocurra! –gritó Miriam advirtiendo la intención de su madre.

—¡Era obvio! ¡La mujer hace rato que jugaba a las escondidas con el fiscal de la corte! –acotó Antonia sabiendo todos los detalles de la compañera de bingo que le había robado su amante.

—Por lo menos al pobre hombre no le dio un infarto al enterarse... –se escuchó decir a Soraya luego de procesar las palabras.

En ese instante el sonido del teléfono interrumpió la respuesta de Antonia que esta vez es la que recibe el puntapié de la hija.

—Señora, la llaman por teléfono –dijo Carmela a su patrona en tono solemne y sin dar otros datos, tal como ella le había indicado que procediera en presencia de sus hijas.

—¿Quién es? –interrogó Silvana a la empleada, aprovechando que su madre se había alejado para atender el llamado.

—No pude reconocer la voz –se excusó la mujer con incomodidad.

—Pero ... ¡Cómo le va a pasar llamadas sin saber quién es! –exclamó Silvana.

—¡Ya le hemos ordenado que no lo haga! –le recriminó Soraya creyendo tener el poder de dar órdenes en esa casa, siendo que su madre en varias oportunidades le advirtió que no lo hiciera.

Las hermanas se esforzaron, pero no lograron descifrar las palabras de Dolores que se escuchaban entrecortadas y en clave, hablando con alguien al otro lado de la línea.

—¿Quién era mamá? –la cuestionó Silvana sin darle tiempo a sentarse nuevamente en su lugar.

—Nada importante. Era uno de esos que tratan de venderme, ¡pero no lo consiguió! –exclamó contenta.

—¡Era Carlos mamá! ¡Si fuera un vendedor ya te hubiese convencido! –remarcó Soraya segura de no equivocarse.

—Bueno, ¡sigan jugando o van a perder la concentración! –les sugirió la mujer consciente de que por nada del mundo debía confirmarle ni negarles a sus hijas de que realmente era su hijo porque eso les exacerbaría los celos enfermizos con el ausente.

—¡Deja de comer! ¡Vas a explotar! –gritó Antonia ante la sorpresa de las demás, excepto por Silvana que sabía por su amiga de los acostumbrados exabruptos.

—Antonia, ¡no está gorda! –dijo Silvana en tono conciliador, tratando de defenderla.

—¿Que no está gorda? ¡Le compré un pantalón y se lo tuve que cambiar por dos talles más grande porque ya no le entra el 44! Desde que nació el hijo cada año tiene menos cintura... –aseguró la mujer no dejando ser interrumpida.

—Yo también uso el 48 –dijo Dolores como si de esa manera justificara a la mujer que devolvía el plato con el postre sin haberlo probado.

—¡Por eso te dejó tu marido! –lanzó petulante su madre.

—Qué horror... –murmuró Miriam, deseando que la reunión terminara.

—El descarado pretendió usarme como excusa diciendo que me metía en su vida matrimonial –acusó Antonia a su yerno.

—Se nota que es totalmente infundado –dijo Soraya disimulando su ironía.

—Igual no importan las razones ¡Le sacamos una buena pensión! –sentenció Dora.

—Sí... ¡porque al fin me hiciste caso! ¡Si no hubieses salido de mi vientre dudaría de ser tu madre! –exclamó mientras masticaba.

«Vaya manera de tratar a su hija y único nieto» –pensó Miriam.

EL TE DE LAS PROGENITORAS

Capítulo X

La Marioneta

EL TE DE LAS PROGENITORAS

Parte I

Se jugaban la ultimas manos de la partida de bridge mientras Carmela retiraba las bandejas vacías.

Como estaba acostumbrada a los exabruptos de su madre, Dora no se incomodó por los comentarios recibidos y sin poder ocultar el entusiasmo al saber que ambas llevaban la delantera, sus ojos revoloteaban entusiasmados con la posibilidad de hacerse dueña de la mitad del botín de los billetes amontonados en el centro de la mesa, aguardando al vencedor.

Esa mujer ataviada con ajustada ropa de alta costura grotescamente estampada tuvo una infancia colmada de presencia paternal, con escasas vivencias maternales.

Cuando alcanzó la edad de cuestionárselas, Antonia se las justificó como el sacrificio indispensable en su afanosa lucha de darle un mejor porvenir por no conformarse con la vida "pobretona" a la que ambas estaban predestinadas.

Buscando despegarse de su influencia absorbente, terminó su carrera universitaria con calificaciones excelentes, en el tiempo récord de cinco años, consiguió un trabajo y alquiló un apartamento.

Ella se acostumbró al escaso salario de un promisorio empleo que apenas le solventaba los gastos, pero en absoluto cubría los lujos a los que estuvo acostumbrada.

El fin de semana cuando estuvo de visita en la casona señorial que su madre adquirió al poco tiempo de quedar viuda, quiso el destino que se enterara de un secreto.

Aún con el dolor por la reciente pérdida de su padre, escuchó a Antonia explayarse en una charla telefónica confirmando a quien estaba al otro lado de la línea que la había traído al mundo sin desearla y haberse casado obligada por la situación.

En aquel preciso instante Dora recordó el día después del funeral de su padre cuando, cenando juntas, Antonia -pasada de copas- le habló de su actitud con la carta que encontró y culpó a la maldad de la gente por el deceso, al inventarle un amorío con el joyero.

Así comprendió que todo lo que nunca se animó a pensar sobre ella, era factible que fuera real. Reflexionó sobre su infancia, como Antonia dejó a sus abuelos morir en una casa de salud y varias situaciones más.

Agobiada por esa pena regresó a la capital decidida a seguir trazando su propio destino. En ese contexto emocional aceptó salir con algunas compañeras que, buscando distraerla, la llevaron a una cena adónde acudiría un destacado político.

Dora se sintió atraída por su personalidad avasallante y les pidió ser presentada con el hombre.

Ahí surgió una relación que, siendo correspondida en su amor, la joven de veinticuatro años logró que aquel hombre abandonara a los cuarenta años la extendida soltería de la que había disfrutado sin límites.

El carácter de Antonia y el de su yerno se midieron fuerzas cuando se enteró que pretendían adquirir una residencia con piscina.

Los maltratos telefónicos de la madre hacia su futura esposa, las burlas en tonos ásperos por la elección siendo que Dora no sabía nadar y los intentos de dominarlo, lo irritaban.

El momento límite se dio cuando le solicitó a su futura suegra que se abstuviera de alimentarse dentro de su vehículo.

Antonia se burlaba de la locomoción sugiriéndole que cambiara el auto por uno moderno.

—¡Es más factible que cambie de mujer! –exclamó el hombre disgustado.

Ese día, enfadado, en lugar de llevarla de regreso hasta su ciudad optó por dejarla en la compañía de taxis y le contrató uno.

La boda se realizó en la capital y fue otro de los momentos de tensión donde discutieron.

Dora en esa relación enfermiza de amor, odio y admiración hacia Antonia, pudo convencerlo de incluir entre los invitados la lista de personas indicada por su madre, justificando que no les significaría un costo extra.

El hombre cayó en la trampa de su suegra, sabiendo que su caballerosidad no le dejaría aceptar esa propuesta de hacerse cargo del costo de los cubiertos extras.

Ella disfrutó tan solo un año de las actividades sociales y el roce con nuevos círculos y, todo cambió cuando quedó embarazada de su hijo. Las rutinas habituales se distorsionaron y ya no pudo acompañar a su marido en los viajes por su incipiente carrera política.

Su mal humor despertó junto con un cambio hormonal y el reposo al que se vio obligada, ante un llamativo sangrado causado por su tozudez de no aceptar los consejos del obstetra, decidida a no dejarlo solo en los compromisos, a merced de aquellas mujeres que, según su madre, estaban pendientes de él.

Percibiendo lo que sucedía el hombre acordó con su esposa mantener a su suegra fuera de su vivienda, cuando él estuviera en ella.

Creyéndose libre de los modales de Antonia, no advirtió que, mediante cizañas, ella alimentaba los celos de su mujer.

Dora renunció a su trabajo, enredada en las ideas que al otro lado de la línea telefónica su madre se encargó de irle sembrando.

Con el nacimiento del niño llegaron las responsabilidades de su crianza y la necesidad de optar por una agenda que le imponía rutinas muy distantes de las que acostumbraba.

Los primeros desacuerdos con su marido llegaron cuando no pudo conciliar su pretensión de contratar una niñera para que se hiciera cargo del cuidado del pequeño, durante los fines de semana, planeando viajar solos.

Aprovechando el tiempo que duraban los viajes de su yerno y su agitada agenda, Antonia merodeaba el escritorio del hombre en busca de pruebas de una infidelidad que nunca encontró -porque de hecho no sucedía- desatando crisis en el matrimonio.

Dora explotaba en reclamos a puertas cerradas de su dormitorio hasta que una discusión sobrepasó los límites tolerados por el hombre cuando, al abrir la puerta de su vivienda dispuesto a salir a tomar aire, encontró a su niño de cinco años sentado llorando en el escalón de ingreso.

Ella contaba que esa noche previa a la separación, el "descarado" compartió su cama y al otro día se fue con un bolso teniendo todo preparado con un ejército de abogados para gestionarle el divorcio y obtener la tenencia de su hijo.

Con ayuda de su madre arremetió contra el padre del pequeño contratando la abogada local, tristemente conocida por usar métodos poco convencionales para lograr los objetivos de sus clientes.

Dora regresó a la ciudad natal con la certeza de que esa distancia dificultaría las visitas pautadas por el juzgado entre su exmarido y el niño y, permitió que su madre se apoderara del liderazgo, imponiendo su opinión en las decisiones que ella misma debió afrontar.

En la intensidad de las discusiones ante la atónita presencia de quien oficiaría de mediadora con su exmarido, Antonia llegó a decirle a su hija que el haberla parido limitó sus posibilidades de llegar mucho más lejos en sus ambiciones y le reclamaba por no haberla escuchado en sus consejos.

Resignada ella tuvo que aceptar un cargo ejecutivo sin ser entrevistada porque su madre con sus "influencias" -como siempre le recordaba -se lo había conseguido.

Era evidente la transformación de su esbelta figura luego del embarazo y, con el paso del tiempo, se distanció de la elegancia de su madre.

Su cuerpo perdió definitivamente la cintura fruto de dulces debilidades que se remarcaron con el estrés, convirtiendo la mesa de noche en una despensa de barras de chocolates y el espacio entre el colchón y el entablillado de madera de su cama en la juguetería que aplacaba su lujuria.

El uso abusivo de prendas con estampado animal nunca ayudó a aquella mujer en su estética, aunque frecuentaba el gimnasio prestar atención a las actividades propuestas, llegando a ser reprendida por una de las profesoras, al verla en el piso leyendo una popular revista de sociales mientras levantaba las piernas con desgano, sin seguir el compás de los ejercicios.

A Dolores y su familia la conocían desde el secundario, donde ella fue compañera de estudio de Silvana y Soraya, pero su amistad con la menor de las hermanas se afianzó cuando se reencontraron en la barra del casino bebiendo champaña.

Entre copa y copa, creyendo estar en igualdad de situación en las experiencias vividas durante la infancia y los pesares de sus divorcios, ambas ensamblaron las penas confiándose mutuamente los secretos más íntimos.

En la sala de juego Dora observaba a su madre con los labios perfectamente coloreados resaltando su cabellera corta pero voluminosa de matices grisáceos, cargada de joyas, independiente y autoritaria, alardeando de su poderío económico.

Por momentos admiraba el coraje de aquella mujer que salía airosa de las dificultades que la vida le enfrentaba y en otros la exasperaba su arrogancia y cinismo.

EL TE DE LAS PROGENITORAS

Parte II

En esa reunión, mientras Dolores acariciaba al gato acurrucado en su regazo y conversaba con Olga, las demás mujeres jugaban las últimas rondas de la partida de cartas.

—¿Me imagino que tu hijo está invitado al cumpleaños de Martín? –le preguntó Soraya a Dora, porque su hijo menor compartía la misma generación del colegio que el de su contrincante.

—¿Que apellido? –consultó Antonia tratando de investigar en su memoria si conocía algo de su familia.

—No creo que los conozcas mamá.

—Son los Linares –le respondió Soraya.

—Su padre es aspirante a jefe de la Escuela Militar. El niño dice que todos los hombres de esa familia hicieron carreras en el ejército. A mí me encanta ver los hombres con uniforme –comentó Dora recordando cuando con sus amigas salían a pasear con los cadetes de esa escuela.

—No sé nada de ellos –comentó Antonia, sorprendiendo a las presentes porque por primera vez carecía de información. Ella reconoció perfectamente que ése era el mismo apellido del General que le abrió las puertas para tantos contactos en los inicios de su negocio.

—¿Que le vas a comprar? ¡Es un dolor de cabeza regalar en los cumpleaños del colegio! –expresó Soraya con real frustración.

—Yo no me complico. ¡Tengo un sistema in-fa-li-ble! –se jactó Dora mientras explicó que anotaba en una libreta: el nombre, el regalo y el valor aproximado de lo que recibían su hijo y, cuando le tocaba el turno de retribuirles, les compraba por el mismo o menor importe. ¿Nunca mayor!, le remarcó.

—¡A mí me encanta regalar! –dijo Dolores.

—¡Ya sabemos mamita! –exclamó Soraya.

—¿Cómo le fue a tu hijo en la prueba de karate? –le consultó Silvana.

—¡Qué escena interpretó ayer tu niño! –dijo Soraya a Dora, disfrutando el comentario.

—¡Estaba insoportable! –confirmó ella.

—¿Qué paso? –preguntó Silvana a su amiga.

—¡No quiso darme un beso! ¡Es un atrevido igual al padre! –exclamó la abuela del chico de trece años.

—Está muy rebelde... ¡se negó a participar de la prueba! ¿Pueden creer que se escondió en el vestuario porque sabía que hasta ahí yo no podía entrar? –dijo Dora.

—¿Y por esa tontería no quiso dar la prueba? ¡qué lástima! ¡Te perdiste de llevarte una medalla! –prosiguió Silvana.

—¡Pero yo vi otra cosa! –acusó Soraya inquisidora, segura de haber visto perfectamente la escena, mientras disfrutaba del único lugar del club que conocía, donde se comían las mejores medialunas: la cafetería.

La pared vidriada de la planta alta con vista panorámica del gimnasio le permitió presenciar cuando Dora oprimía el brazo del niño y lo obligaba a acercarse a su abuela mientras ésta intentando darle un beso le aprisionó la nuca. El forcejeo del chico negándose a complacerlas logró su objetivo y tras soltarse de un tirón atravesó corriendo entre los participantes, perdiéndose entre la multitud que ingresaba por una puerta.

—Hermana no te metas. ¡Ya estás con tus comentarios inoportunos! –le aconsejó a Soraya al ver que la conversación se tornaba tensa.

—No me digas que vas al gimnasio porque la verdad no se te nota –le replicó Antonia sin importarle en el tono que le respondía a la hija de la dueña de casa.

—Tampoco te lo tomes así... Yo vi que lo obligaban a que te saludara –le dijo Soraya a Antonia y arremetió nuevamente sin temor a enfrentarla manteniendo la conversación en la cuestión candente.

—En parte es verdad lo que viste, pero él se ha vuelto rebelde. ¡Nunca quiere darle un beso a mamá! –confirmó Dora al notar que no tenía escapatoria.

—Por algo será... –murmuró Miriam y, en cuanto escuchó sus propias palabras se arrepintió de no haberse quedado callada.

—¡La culpa es del padre! ¡Le está inculcando cosas a mi pobre hijo! –aseveró Dora.

—¡Cada fin de semana que le toca con el innombrable, vuelve contrariado! –reafirmó Antonia.

—Ahora se le ha puesto en la cabeza de que desea vivir con él -confió Dora a las presentes.

—Pobre niño. Nada es mejor que vivir con su madre -comentó Olga mientras miraba a Dolores que, ajena a la conversación, seguía mimando a su mascota.

—Ustedes saben cómo es esto. ¡Él se lleva la parte sencilla! ¡Soy yo la que cargo con la responsabilidad de ir a las reuniones del colegio, los médicos y como si eso fuera poco tengo que gastar en sicólogos para convencerlo de que lo natural es estar conmigo! –dijo Dora.

—Ya te saqué hora con otro. ¡Tienen que medicarlo! –exclamó segura Antonia.

—Otra vez lo cambias de sicólogo? –consultó Silvana.

—Siii. Dicen el refrán que "la tercera es la vencida". ¡Ninguno me entiende lo que quiero! –exclamó Dora.

—Entonces tendrías que pelear por un aumento de pensión alimenticia –le dijo Silvana dándole la idea.

—No creo que me den más. ¡Ya tengo el máximo por su sueldo! Los juzgados no contemplan que debemos mantener el mismo estándar de vida, ¡como cuando estábamos casados! –dijo resignada Dora.

—¿Y los abuelos que opinan? –le preguntó Miriam.

—Ellos lo adoran al nene, pero le creen a su hijo. ¡Las malas de la historia siempre somos las mujeres! –exclamó Dora.

—¡La pensión no le alcanza ni para la podóloga! Todas las semanas termino pagando yo –aclaró Antonia.

—¡Igual tienes suerte!, a mis hijas no les pasaron pensión –dijo con pesar Dolores, que desde la mesa contigua participó de la conversación.

—No te quejes amiga ¡por lo menos tienes nietos! ¡Y tú Dora, tienes pensión! ¡A mí me dejaron viuda y con un negocio odioso! –exclamó Olga.

Miriam se contuvo de revertir los penosos comentarios que escuchaba expresar no solo a su madre y pudo sentir que una de las mujeres presentes también se incomodaba con los comentarios al verla entrecerrar los ojos y morderse el labio inferior: Carmela.

Esas mujeres no entendían que las pensiones alimenticias estaban destinadas para ayudar a cubrir las necesidades de los hijos, una responsabilidad de ambas partes.

El grito de algarabía de Dora y Antonia al ganar la partida dio por terminada aquella tarde de té.

Dora festejó con quien la amoldó a su estilo de personalidad, destruyendo su familia, sin importarle ni ella ni su nieto.

Capítulo XI

EL TE DE LAS PROGENITORAS

Parte I
Año 2007

Las tardes de té y juego continuaron llevándose a cabo cada mes durante siete años, con las mismas discusiones, charlas y reclamos, pero nuevos damnificados fueron víctimas de los comentarios de ese grupo de mujeres.

La ausencia de Miriam, que tan solo compartió aquella primera reunión por haberse mudado a la capital pasó desapercibida, excepto cuando era criticada.

Estando Carlos en el país, una vez al mes se encargaba del traslado de Dolores para compartir un par de días con Lidia, cuya salud estaba muy deteriorada.

Carmela se divertía con las narraciones que su patrona traía de regreso, buscando su confirmación sobre la diferencia en los recuerdos que compartía con su hermana.

Las mujeres se contradecían con los nombres de los lugares visitados, las comidas preferidas de Raquel y Horacio e incluso sobre las apreciaciones de Dolores hacia su madre, que para Lidia eran exageradas. No se ponían de acuerdo cuando la menor de ambas opinaba sobre viajes de los cuales no formó parte, pero los vivió como si fuera una de las pasajeras.

Dolores estaba convencida de su que su descendencia mantenía el parecido físico de Raquel y que en cambio su hermana y sus descendientes se parecían a Horacio. Durante esas conversaciones Lidia la escuchaba cuidándose de no romper la promesa que hizo a sus padres.

Su muerte afectó a Dolores como si de su madre se tratase, mostrando mayor aflicción que ante la falta de Raquel. Silvana y Soraya nunca se privaron de emitir comentarios maliciosos sobre su tía siempre especulando que ella y esa rama de la familia se habían quedado con parte el dinero que les correspondía.

Lo poco que faltaba para empeorar la crisis con sus descendientes femeninas lo desencadenó el fallecimiento de su hermano Alberto, a pocos meses de Lidia.

En cuanto Soraya se enteró de la defunción del tío que ostentaba el cargo de presidente ejecutivo de la fábrica, se preparó frente al espejo practicando el protocolo empresarial.

Se corrigió mirándose en el reflejo ensayando como se presentaría en la reunión de directorio, la forma en que saludaría, la ropa que usaría y los cambios que ejecutaría.

Esa noche, mientras venían en el automóvil desde el sepelio, una discusión desbordó la paciencia de Dolores.

—Mamá, voy a esperar que pase una semana y me presento a ocupar nuestro lugar en la fábrica -aseguró Soraya sin poder controlar sus intenciones.

—¿Quéee? ¡Si lo único que sabes de la fábrica son los sabores de las galletas! –le dijo Silvana.

—¡Yo voy a representar a esta familia! ¡Es lo que corresponde! –exclamó.

—¿Y por qué vos? ¡Debería de ser yo! Tengo un negocio que funciona –dijo la menor de ambas, tratando de resaltar su supuesto éxito empresarial.

—Nadie aceptará a una jugadora en el directorio. ¡Yo soy la mayor de los tres! –le respondió Soraya altanera.

—No sé a qué te refieres .... ¿vas a ir a dormir como hiciste con tu librería? –le contestó.

—Por favor pueden callarse –les pidió Dolores, sentada en el medio de sus hijas, en el asiento trasero.

—¡Más vale que en esto nos pongamos de acuerdo porque nos van a dejar en la calle! –exclamó contundente Soraya.

—¿Por qué dices eso? –preguntó intrigada Silvana.

—Hermanita... ¡es más fácil manipular a Carlos que pasa entre libros que a dos mujeres inteligentes como nosotras! –comentó dejando en evidencia los celos para su hermano.

—¡Ahora entiendo por qué estaba tan compungido abrazándolos en vez de estar con nosotras! –dijo Silvana haciendo referencia a la otra parte de la familia.

—¡Bastaaa! ¡Son unas irrespetuosas! ¡No se dan cuenta que estoy de duelo! –gritó Dolores de forma tan fuerte y sorpresiva que el chofer hizo una maniobra provocando un movimiento brusco en el vehículo, pero retomó con profesionalismo el ritmo normal.

Consciente de que ningún momento sería propicio para decírselos sin que se enfadaran, Dolores les confesó sobre un hecho consumado que ambas jamás soñaron ni en sus peores pesadillas.

—¡Nadie va a ir a la fábrica! ¿Saben por qué? ¡Porque ya no tenemos nada que ver con la fábrica! –les gritó.

—¿Que estás diciendo mamá? –preguntó Silvana ante la falta de reacción de Soraya que, por primera vez quedó en silencio, petrificando sus rasgos faciales al escuchar a su madre.

Alberto y Lidia, conscientes de que al faltar ellos, sus herederos no deseaban mantener contacto empresarial con las hijas de Dolores, la convencieron de vender las acciones de la empresa.

Confiando en sus hermanos y en Carlos, que también participó de los pormenores en esa transacción, ella admitió que las conductas de ambas ocasionarían un problema a futuro para el desarrollo del negocio que sus padres edificaron con todo su empeño.

El importante monto de dinero recibido lo depositó en una cuenta bancaria y abrió una caja de ahorros para cada nieto, con el mismo importe. Ella le solicitó a Carlos que en el momento de su deceso siguiera sus indicaciones.

A él le entregó una cifra estimada de su herencia compensando todo lo que ya le había estado anticipando a sus hijas y decidió disfrutar del resto a su manera.

Cuando arribaron a la vivienda, Carmela las esperaba con la merienda lista para ser servida, pero al ver la palidez en el rostro del chofer y la expresión en su mirada tratando de advertirle que se preparara para lo que escucharía, la preocupó.

El escándalo sobrepasó todos los límites imaginables.

La cocinera y el hombre que había conducido tantos kilómetros se apresuraron a cerrar las cortinas logrando evitar que nadie viera los ademanes y gesticulaciones de aquellas mujeres enardecidas recriminándole a Dolores sin preocuparles el dolor por la pérdida.

Carmela no tuvo alternativa y llamó desesperada a Carlos para contarle lo que estaba sucediendo, asustada al ver a su patrona que, sin fuerzas para defenderse, se acurrucó en la mecedora con la cabeza inclinada hacia el piso. En ese momento las hermanas desconocieron la reacción de Carlos desde el otro lado de la línea, con aplomo y madurez las responsabilizó si algo le sucedía a su madre y, las obligó a retirarse de inmediato prohibiéndoles regresar por una semana, tiempo que les aconsejó usar en reflexionar sobre sus actitudes egoístas.

Encrespadas y estupefactas por la información que les habían ocultado, ambas abandonaron el lugar gritando improperios a Carmela que se escucharon aun cuando cerraron la puerta tras sus pasos.

Soraya y Silvana azoradas se dieron cuenta que todo lo que forzaron a su madre para recibir en exceso desde la muerte de su padre, en realidad fue un adelanto de su herencia.

Por su avaricia, queriendo obtener más que su hermano estuvieron consumiendo el capital de futuro.

En ese contexto, no se enteraron de las cuentas para sus hijos ni del adelanto de herencia a Carlos porque Dolores prefirió mantenerlo en secreto.

EL TE DE LAS PROGENITORAS

Parte II

Desde ese día las tardes de té y bridge en casa de Dolores se cancelaron por decisión de sus hijas.

En contadas ocasiones la visitaron y fue Soraya quien prefirió mandar a sus hijos con el cometido de sacarle información a su abuela, albergando la esperanza de que aún conservara dinero escondido.

La ausencia de ambas aceleró la necesidad de su madre en disfrazar la soledad con mayor desenfreno y en esa búsqueda, regaló electrodomésticos al electricista, al chofer un auto y a la cocinera una colección inimaginable de libros sobre recetas de comidas de todas partes del mundo y ante cualquier conocido o desconocido que le comentara la necesidad de algún objeto, ella estaba dispuesta a solucionarlo.

La única persona que solo le aceptaba un obsequio simbólico en el día de su cumpleaños era Carmela. Sintiendo vergüenza y sabiendo la actitud de su patrona, al aproximarse esa fecha, ella inventaba su necesidad en un artículo barato.

Cuando sus hijas dejaron de frecuentarla, Dolores reflexionó sobre las amistades que había perdido a lo largo de los años. Comprendió que algunas fueron solo conocidas, otras que se le habían acercado por interés material y quizá las que realmente la apreciaron como amiga terminaron no soportando los improperios de Soraya.

También su propia actitud competitiva de que todo "ya lo hizo antes" la apartó de aquellas mujeres de un círculo social que en absoluto estaba interesado en lidiar con sus frustraciones.

Los planes de Carmela en jubilarse al siguiente año para su cumpleaños número sesenta, eran alentados por sus hijos cuarentones pidiéndole que era tiempo de dedicarse a conocer otras ciudades del país a las que nunca había visitado.

A ella la apenaba dejar a Dolores en aquella casa abarrotada de objetos soportando el desapego de las hijas.

Excepto por los proveedores de servicios, llegó un momento en el que las únicas visitas que recibía fueron las de Olga y Carlos.

Ella enviaba a su chofer en busca de esa amiga que la entretenía hablándole de las telenovelas, los cuentos de los velatorios o compartía su tristeza por el abandono de su hija Miriam al mudarse tan lejos. Nunca le confesó que siempre recibía sus transferencias de dinero para abonar las expensas ni mencionó las conversaciones telefónicas que mantenían cada fin de semana.

Carmela se sentaba con su patrona a compartir la lectura del periódico o a jugar a la canasta, el juego de cartas preferido por ambas.

Antonia y Dora se disiparon con la misma rapidez que reemplazaron a Silvana de su grupo de amigas, priorizando las noches de juego a las que ella ya no podía acompañarlas, pero nunca dejaron de poner sus oídos para los chismes que les llegaban por las nuevas camaradas, sobre Dolores y su familia.

EL TE DE LAS PROGENITORAS

Parte III
Año 2008

Mientras Carmela buscaba el momento propicio para anunciarle de su retiro, a quien sentía como parte de su familia y cuya vinculación se remontaba a su fiesta de quince años cuando Raquel la llevó como acompañante, un accidente doméstico la obligó a dilatar su decisión.

Dolores se accidentó cayó en la ducha y el examen radiológico reveló la fractura de la cabeza del fémur, por lo que tenían que trasladarla de urgencia a la capital, para someterla a una cirugía de cadera.

Pedro le alcanzó a su mujer un bolso de mano con algo de ropa y partió junto a su patrona en la ambulancia hacia la capital. Carmela se lo pidió de antemano a su marido, segura de que las hijas de Dolores se excusarían para acompañarla.

Soraya inventó por un estado gripal y Silvana dijo que recién llegaba a dormir luego de trabajar toda la noche, pero en realidad había retomado sus juegos de bingo clandestino.

En el mismo sanatorio donde atendieron a Lidia y Alberto hasta el final de sus días, Carlos aguardó el arribo del vehículo que transportaba a su madre y con la ayuda del personal de la institución, la guiaron a una suite privada.

Una vez instalada, el acompañó a Carmela hasta un hotel cercano, registró su ingreso y, temiendo que descuidara su propia salud por cuidar a su empleadora le exigió que se alimentara.

Carlos siempre se mantuvo ajeno de las discusiones entre sus padres y hermanas y cultivó una linda relación con quienes lo trajeron al mundo.

Quizá por ver los problemas maritales de ambas y comprendiendo a sus yernos, optó por su soltería disfrutando viajes y encuentros con amigos.

Según sus propias palabras, a ese hombre de treinta y seis años le bastaba encontrar una compañera para recorrer el mundo con sus disertaciones sobre historia del arte.

Entretanto a la paciente le realizaban los exámenes pertinentes, un simpático enfermero la entretuvo con sus anécdotas. El joven le contó que en su profesión lidiaba con la tristeza por encariñarse con los pacientes al extrañarlos cuando les daban el alta médica. Adjudicaba ese sentimiento a su corta experiencia y confiaba en la sabiduría de sus compañeros que según pasara el tiempo, se acostumbraría.

En una de esas charlas Dolores se enteró por el propio hombre de su otra pasión: pintar cuadros.

Ella sin dudarlo le encargó una obra para colgarla en el baño de invitados de su hogar ya que, era el único espacio de pared disponible.

La proximidad del momento en el que le suministrarían anestesia general, por primera vez en su vida, alteró los nervios de la paciente. Su presión arterial oscilaba y esa condición no conformó a los doctores para ingresarla a la sala quirúrgica, sometiéndola a nuevos análisis.

En esos cinco días que debieron esperar entre diagnósticos y resultados, Carmela y Dolores profundizaron las charlas confidentes sobre sus vidas.

Hablaron de los pocos detalles que Carmela sabía sobre quien le dio la vida, de Sara -su madre de crianza- y también de Raquel, con quien estaba infinitamente agradecida por la oportunidad de trabajo que le permitió estabilidad económica a su familia.

En ese contexto de sinceridad, Dolores le hizo notar su conocimiento sobre los temas referidos a sus hijas y le confió que, al nacer Carlos, comprendió a Raquel por no demostrarle a ella el mismo afecto que a sus otros hermanos.

No encontraba las palabras adecuadas para explicarlo, pero, con el varón, tenía más afinidad y un amor diferente que hacia las mujeres. Al asimilar esa experiencia propia, dejó de culpar a su madre por su predilección con Alberto y Lidia. También comprendió la difícil tarea de haberla criado con tan avanzada edad.

Esa conversación fue interrumpida por el enfermero.

—¡Qué lindo ver hermanas tan unidas! –les dijo al verlas en esa complicidad de la charla.

Sorprendidas por el comentario, ellas le sonrieron aseverando al unísono que bien podrían haber sido en otra vida.

En los resultados entregados por el laboratorio, los especialistas detectaron una deficiencia en uno de sus riñones, pero confirmaron que eso no afectaría el normal desarrollo de la cirugía planificada.

El día previo a la operación arribaron a la institución médica Silvana y Soraya.

Allí se encontraron con sus primos junto a Carlos y Carmela, acompañando a Dolores y volvieron a hacer gala de sus actitudes.

—Hola mamá. ¡No sé para qué me hicieron venir si estás muy bien acompañada! –exclamó Soraya haciendo evidente su reclamo a Carmela por haberla llamado. Firme en su posición, no saludó a ninguno de los presentes. Los ignoró.

—Sí... ¡somos muchos! ¡Me voy a la cafetería! –dijo Silvana que apenas le dio un beso a Dolores, aprovechando el argumento de su hermana para retirarse en busca de un televisor porque llegaba la hora de la telenovela.

—Te acompaño –le dijo Soraya.

Acomodada en la cafetería, ella sació su placer degustando la variedad de postres exhibidos en la vitrina y, como era su costumbre, solicitó incluyeran el importe del gasto en la cuenta de su madre.

Dolores ingresó a cirugía luego de concluir la llamada telefónica con su nieta Laura -que estudiaba en el extranjero- y después de darle un abrazo a todos, pero el más prolongado quedó en el cuerpo de Carlos y su fiel ama de llaves. Ella no pudo hablar con sus otros nietos porque, según Soraya, no respondieron al teléfono por estar cansados de trabajar toda la noche.

Carmela rezó por su patrona en la capilla del sanatorio, acondicionada en una sala alejada del acostumbrado ajetreo del lugar. Las horas transcurrieron y la incertidumbre terminó cuando el médico abrió las puertas saliendo al pasillo donde la familia esperaba el resultado.

Extenuado y parco en sus expresiones, el hombre les preguntó si en ese instante faltaba algún familiar y al negárselo, les informó sobre las novedades.

Debido a una complicación menor, el procedimiento quirúrgico se prolongó más tiempo del acostumbrado, pero fue exitoso.

Mientras Carlos se alejó con el profesional para mantener unas palabras, se escuchó a Carmela agradecer a Dios y a Soraya refunfuñar.

—¿Tanto protocolo para decir que todo salió bien? –preguntó, pero ninguno de los presentes le dio una respuesta, tampoco la esperaba...

Después de permanecer dos horas en la sala de recuperación, Dolores fue conducida a una habitación usando en ambas piernas medias de compresión para mejorar su circulación y como medida de disminuir el riesgo a la formación de coágulos. Sus hijas comenzaron con los acostumbrados comentarios entonces ella, molesta por tener una vía intravenosa en su brazo y una sonda para drenar la orina, les pidió que se callaran. Silvana y Soraya se ofendieron y de inmediato se retiraron del lugar, decididas a regresar a sus respectivos hogares.

Esa primera noche medicaron a la paciente con anticoagulantes y anestésicos. Carmela se quedó para acompañarla y rendida por el cansancio durmió profundamente, extendida en el sillón a pocos pasos de su patrona.

Al otro día, Dolores, asistida por el enfermero dio algunos pasos, por lo que a la noche todos se retiraron, incluso Carmela que, a regañadientes, tuvo que aceptar la indicación de Carlos.

A la mañana siguiente, Carmela despertó antes del amanecer con una sensación de angustia inexplicable.

En la premura por regresar al sanatorio, ella apenas probó el café con leche y la tostada incluida en el servicio del hotel. Ese trayecto se le hizo interminable, así como el ascenso al tercer piso de la institución.

Al acercarse por el pasillo hacia la habitación de Dolores divisó a Carlos con sus codos apoyados en las piernas, ocultando el rostro con sus manos. Un escalofrío recorrió su cuerpo. Por una celosía de la cortina veneciana pudo ver en la habitación de Dolores, un cuerpo cubierto con una sábana blanca y un grupo de personas que acomodaban instrumentales.

Sintió que alguien la sostenía del brazo y la guiaba a una silla junto al hijo de su patrona.

Carmela se recuperó del desmayo descubriéndose acostada en una camilla. A su lado el joven enfermero le ofrecía una taza de té mientras Carlos le sostenía su mano sin poder emitir una palabra. Los ojos enrojecidos del hombre brillaban abarrotando sus lágrimas.

Soraya y Silvana aún no lo sabían.

El parte médico fue concluyente. Dolores falleció de un sorpresivo paro cardiaco del que no pudieron reanimarla.

EL TE DE LAS PROGENITORAS

Parte IV

Una semana después del entierro, Carlos llamó a la residencia y, luego de intercambiar palabras de consuelo, le informó a Carmela de que él no participaría del triste espectáculo que con certeza protagonizarían sus hermanas con los objetos de la vivienda.

Como su madre en vida le fue entregando los artículos materiales que por su valor afectivo quería que él los conservara, le evitó esa situación desagradable que se aproximaba.

Él le dejó a la mujer el número telefónico donde lo podía ubicar en los siguientes meses debido a que por razones de trabajo los pasaría fuera del país y le agradeció infinitamente por el afecto que ella profesaba hacia su familia.

Carmela entre lágrimas se despidió del hombre que conocía desde sus dos años de vida.

Horas más tarde, aun creyendo estar preparada para la situación, ella no pudo dar crédito a lo que sus ojos vieron.

Silvana y Soraya, sin que una supiera de la otra, registraron la casa de su difunta madre, anotando y tomando fotografías de los objetos a ser repartidos.

Soraya no lo hizo sola. Ella revisó cada rincón con el tasador de una afamada empresa de remates.

Carmela nunca esperó presenciar esa actitud miserable viéndolas revolver detrás de las estanterías de la biblioteca de Dolores en busca de alguna caja fuerte secreta, mirar las marcas de las porcelanas y calcular los valores.

Cuando encontraron la colección de cartas de tarot no escatimaron en insultos y descalificaciones hacia su madre.

Dos días más tarde, ambas mujeres regresaron dispuestas a pelear incluso por elementos que siempre habían criticado a Dolores al adquirirlos, porque evidentemente, se habían cerciorado de su valor de reventa. Pasaron varias horas chillando en la disputa, pero no se pusieron de acuerdo. Todos los objetos y el mobiliario decidieron enviarlo a remate con tal de no ceder en su tesitura.

Ese día le informaron de su despido a la cocinera y al chofer y le pidieron que se retiraran en ese preciso instante.

Mientras ambos tomaron sus efectos personales ambas los siguieron en el recorrido y fueron revisados como a dos usurpadores. A Carmela no le faltaron ganas de buscar sus pertenencias y acompañarlos, pero más adelante entendió la importancia de no haber seguido ese impulso.

Tan solo en poco más de dos semanas Silvana y Soraya dejaron la casa vacía y lista para la venta.

Ellas no apreciaron ningún objeto de aquel lugar que las vio crecer y apenas quedaron colgadas las cortinas con su género desgastado por el paso de los años.

El último requerimiento para Carmela fue que hiciera la limpieza final de dos cajas con papeles que ya ellas habían revuelto. Sentada en un cajón de madera, antes de botar los papeles a la basura, ella revisó el contenido.

Entre recibos y facturas de las compras de Ramón, para su sorpresa, reconoció anotaciones escritas en puño y letra de Raquel y, varias libretas con tapas de cuero color rojo, elegidas por la mujer para registrar sus gastos.

Mientras pasaba sus dedos por las páginas, recordando los momentos vividos en la residencia principal, un sobre de carta sin cerrar y sin destinatario, llamó su atención y lo abrió.

Parte V

Transcurrieron nueve años desde el primer té en el hogar de Dolores y un año de su fallecimiento.

Esa mañana el frío otoñal no desalentó a Carmela para levantarse temprano, recoger del florero el ramo de las margaritas amarillas compradas la tarde anterior y salir de su casa, abrigada con el sacón de paño color habano.

Ella caminó por las aceras mientras las avenidas lucían silenciosas, pero a medida que se acercaba a su destino, retomaron al bullicio habitual.

Al arribar a la enorme construcción blanca donde se asomaban los aromáticos pinos se detuvo en la acera respirando profundo en busca de coraje.

El guardia ya había abierto de par en par las puertas de rejas negras. Al reconocerla por sus anteriores visitas, la saludó gentilmente y continuó bebiendo café.

El silencio reinaba en ese lugar del planeta Tierra donde las ostentaciones las hacen los vivos, porque los muertos yacen todos entre la misma tierra.

Los senderos embaldosados serpenteaban entre majestuosos tesoros artísticos de mármol, unos ostentando símbolos sutiles y otro explícitos.

Al cruzar por el portal que separa los distintos sectores vio a lo lejos a un hombre, en el preciso lugar adonde ella se dirigía. Sin atreverse a interrumpirlo se apoyó en uno de los árboles y lo observó.

Carlos estaba allí, en el primer aniversario de muerte de su madre.

El maullido de Isolda, acurrucada en su bolso de mano, delató su presencia ante él que, al verla, le hizo una señal invitándola a acercarse.

Un considerable montón de hojas secas y ramas humedecidas estaban apretujadas a un lado de la placa de mármol negra que servía de base del panteón.

—Queda hermoso –comentó Carmela al ver el nuevo florero que él había traído.

—Gracias Carmela –le dijo, mientras tocaba la piedra con su mano y acto seguido se irguió para saludarla con un afectuoso abrazo y acariciar el animal.

Carlos, Carmela e Isolda -la gata que Soraya y Silvana no quisieron hacerse cargo y él no pudo conservar por sus frecuentes viajes- fueron los únicos presentes en ese solemne encuentro.

Dolores descansaba en paz junto a sus seres queridos en el panteón familiar que había adquirido Ramón, el más sencillo del lugar.

Carmela estaba decidida a no ocultarle la información contenida en la carta que Raquel no llegó a entregarle a Dolores, quizá porque la muerte la sorprendió sin darle tiempo a hacerlo o, tal vez, esperando el momento oportuno para entregársela.

Al explicarle su intención de entregarle un documento con información sensible, el aceptó acompañarla a su vivienda.

Allí leyó y releyó la redacción de caligrafía elegante e inconfundible donde Raquel explicaba a Dolores que ella era fruto de una relación extramatrimonial de Horacio con una joven operaria de la empresa familiar.

Según describía, cuando esa mujer confirmó su embarazo, quiso extorsionarlo dando a conocer su romance si él no abandonaba la familia y se iba a vivir con ella.

Horacio le entregó un cheque conteniendo una importante cifra, condicionado a no acercarse a su familia y si bien no estaba dispuesto a dejar a los suyos, tampoco pretendía dejar en una situación precaria a ese hijo.

En el texto ella mencionaba que, a los pocos meses de ese suceso, esa mujer rompió el compromiso asumido, presentándose en la recepción de la firma, pretendiendo que le entregara más dinero y ante su negativa lo amenazó con dejar al futuro recién nacido en la calle.

Desesperado por la situación y sin encontrar otra alternativa para ahorrarle ese disgusto, Horacio le confesó de su infidelidad. Ella aducía que no le resultó fácil perdonarlo, pero recobró sus fuerzas luego de la devastadora noticia, decidida a ayudarlo para rescatar al niño de un trágico destino.

En la oficina de su abogado de confianza, acordaron hasta el mínimo detalle donde, inmediatamente luego del parto, ella les a entregaría el bebé, recibiendo en ese mismo instante un nuevo cheque, pactando no intentar interferir en sus vidas.

Esa fue la única vez que Raquel vio personalmente a esa mujer. Su curiosidad la llevó a observarla a través del visillo de la puerta cancel, cuando se retiraba de ese estudio jurídico, luego de firmar el documento que finalmente conformó a ambas partes.

Alberto y Lidia siempre supieron de su adopción, no así de su procedencia.

La matriarca familiar expresaba su dolor cuando Dios quiso que dos años más tarde se enfrentara a algo imprevisible para ella.

En el Hogar de la Divina Caridad, donde era benefactora, llegó una niña cuya madre había fallecido al darla a luz y, resultó ser la misma persona, la madre de Dolores. Esa vez tenía la certeza de que la paternidad no le correspondía a su marido porque Horacio realmente se arrepintió de aquel engaño y de aprovecharse del ingenuo amor de la joven hasta el final de sus días.

Incluso al fallecer él le dejó una carta agradeciéndole la humanidad y comprensión por aceptar convivir con el fruto de su engaño.

Raquel explicaba en su carta que no podía ser casualidad que justamente esa niña -Carmela- llegara desde la capital a esa ciudad y eso lo tomó como una señal divina.

Desde la llegada de esa media hermana y acongojada por la triste situación tomó como personal la gesta de asegurarle un futuro, sin que ni siquiera el propio Horacio lo supiera.

Sintió culpa al pensar que realmente la jovencita se había enamorado de su marido y que, si bien les entregó convencida a Dolores para que tuviese mejor vida, el dinero no supo palear la tristeza de haber perdido a su amor y el fruto de éste. Evidentemente a ella la vida no le resulto fácil y no supo administrar el capital entregado.

En el texto, Raquel le pedía a Dolores que hablara con Carmela y le solicitara ver la fotografía con dedicatoria y el pañuelo que Sor Guadalupe le entregó a Sara al retirarla del Hogar; el bebé de esa imagen era ella y la prenda correspondía a su padre Horacio que seguramente su madre lo guardó en uno de sus encuentros.

Carlos leyó las últimas palabras de esa extensa misiva donde Raquel esperaba que Dolores la perdonara si en algo se había equivocado en su crianza y le rogaba su comprensión por una situación nada fácil de asumir.

Su último deseo fue que ambas hermanas estuvieran juntas el mayor tiempo posible y lo había conseguido.

La tía y el sobrino se fundieron en un abrazo…

Elizeth Schluk

Epílogo

EL TE DE LAS PROGENITORAS

Los años transcurrieron...

El progreso económico transformó la ciudad en una metrópolis. El grupo de mujeres que sobrevivió a Dolores nunca volvió a reunirse y evitaron que sus caminos se encontraran.

A Soraya, el dinero obtenido por la renta del local comercial heredado de su padre, nunca le resultó suficiente. Luego de haber gastado el resto del efectivo de la cuenta bancaria y por no lograr adaptarse a una forma de vida más austera, se presentó a un concurso para completar puestos de trabajo vacantes en la administración pública, logrando un lugar en la biblioteca de la ciudad.

En ese lugar pudo explotar sus años de lectura y destacarse por su conocimiento entre el resto de sus compañeras bibliotecarias.

Fiel a su costumbre, cuando alguien le preguntaba sobre sus funciones se atribuía el cargo de: Curadora de la colección de libros históricos, subestimando la importante tarea que se le había asignado, clasificando los libros del depósito.

Silvana continuó trabajando en su boutique y la necesidad de conseguir ingresos la animó a incorporar vestidos de su propia confección.

Nunca pudo abandonar su ludopatía y al no contar con el dinero suficiente para acceder a la ruleta, se conformaba con bingos o alguna ficha en las máquinas tragamonedas.

En cuanto a su vida sentimental, ella no logró una pareja estable más allá de alguna salida esporádica con compañeros de juego.

Cada vez que ambas hermanas se visitaban, lo cual no era frecuente, alimentaban los reproches a Dolores, acusándola de ser la causante de sus desgracias familiares.

Reivindicaban a su padre atribuyéndole frases, comentarios y deseos que, estando vivo el hombre, jamás expresó ni correspondían a su línea de pensamiento.

Sin remordimientos revelaban el sórdido deseo que ojalá se hubiese muerto primero su madre antes que él.

Siempre que Silvana miraba la telenovela exitosa del momento y aparecía en la pantalla un corto comercial anunciando los exitosos productos de la empresa que alguna vez perteneció a su madre, explotaba en insultos y palabras obscenas.

Carlos no volvió a tener contacto con ellas y las veces que trató de llamarlas le cortaron la comunicación acusando de ladrones a él y al resto de la familia.

Él nunca dejó de comunicarse con su tía Carmela y, estando en el país, siempre buscó un lugar en su agenda para ir de visita y en esos encuentros familiares rodeado de aquellos con los que compartía un afecto genuino, remontando sus recuerdos a cuando ella lo cuidaba en casa de Raquel.

Los panteones familiares, cada año, recibieron las flores con su presencia y confirmaba la ausencia de rastros de sus hermanas.

Al igual que Ramón, él mantuvo la preocupación por los necesitados, colaborando con sus disertaciones recaudando fondos para los damnificados en catástrofes naturales alrededor del mundo.

Con sus primos -herederos del manejo de la fábrica- compartía el interés en las causas solidarias. Haciéndolos partícipe de la historia de Dolores, en el Hogar donde Carmela se crio, ellos inauguraron una sala especial equipándola con la última tecnología disponible para niños con capacidades especiales.

Colgada de la pared, a un lado de la puerta de ingreso al recinto, una placa en honor a Raquel da la bienvenida a los visitantes.

A los hijos de Soraya, siguiendo las instrucciones de su madre, Carlos les notificó personalmente sobre la existencia de una cuenta bancaria a nombre de cada uno.
El mayor de los jóvenes malgastó el dinero haciéndole creer que la bonanza económica repentina era fruto de su triunfo como disc jockey.
Su hermano menor inmediatamente se fue a vivir con su padre y con su aporte económico lo ayudó a montar una distribuidora de libros. Ambos fueron los que a los pocos meses rescataron a su hermano de un ambiente peligroso que estaba a punto de llevarlo por el camino de las drogas.
Los jóvenes, su padre y su nueva esposa, disfrutaron en familia del éxito, cuando el emprendimiento se consolidó en el grupo editorial más grande del país.
Soraya siempre les reclamó por haberle ocultado sobre la existencia del dinero heredado de la abuela y alardeaba de que, con ella a cargo del emprendimiento, el éxito hubiese sido mayor.

La hija de Silvana culminó sus estudios universitarios en la capital y, mientras tanto, estrechó los vínculos que nunca perdió con su padre. Con su cariño lo ayudó a conseguir la rehabilitación definitiva de su adicción.

Con Silvana, a diferencia del padre, ella se comunicaba esporádicamente.

Tras recibir el título de doctora, Laura fue contratada por un organismo internacional lo que implicó irse a residir en el extranjero y allá formar su propia familia.

Cuando nació su primera hija, le avisó telefónicamente que, en recuerdo de su querida abuela, la inscribió con su nombre: Dolores.

La vida de Antonia sufrió un duro revés y comenzó a cambiar drásticamente al perder un juicio millonario con una familia muy importante de la ciudad, caratulado como "difamación y calumnias".

Sin tener tiempo para recuperarse emocionalmente de esa situación, sufrió la expulsión del casino, revocándole su tarjeta preferencial.

Tuvo que aceptar esa decisión de los directivos como parte de la negociación por el escándalo que ocasionó, al llegar al máximo de apuestas permitidas por el lugar, derramando una copa de alcohol en el rostro del crupier.

La mujer no quiso entrar en razones cuando el hombre gentilmente le explicó, en reiteradas oportunidades que había abusado del mecanismo de juego conocido como "martingala".

En el mismo año, a raíz de una denuncia anónima, la oficina de Aduanas le confiscó un contenedor de zapatillas y las autoridades descubrieron todas sus maniobras como contrabandista. En esa causa con efecto retroactivo a los inicios de su tienda, el fallo final de la justicia determinó el procesamiento de varios involucrados, quedando exonerado el general del ejército por estar fallecido.

Por su avanzada edad ella cumplió su pena por defraudación y contrabando agravado, con prisión domiciliaria y no pudo evitar que le inhibieran la totalidad de sus bienes.

La vida de Dora también sufrió varios cambios. A los dos años de comenzadas las reuniones de té y póker en casa de Dolores, ella perdió la tenencia de su hijo y la abultada pensión alimenticia. En una de las visitas acordadas con su padre, el adolescente llevó una mochila con sus documentos y regalos que él le había dado y no quiso volver a verla, ni a ella ni a su abuela.

Su pedido de residir con él lo argumentó ante el juez con relatos detallados de sus vivencias porque al crecer, pudo entender que esos hechos no eran aceptables. En ese doloroso proceso advirtió que su madre, enferma de enojo por el divorcio, jamás se preocupó de su bienestar. Ella nunca reconoció su culpabilidad en la situación donde lo usó como rehén y no lo perdonó en lo que sintió como una traición de su parte, incluso tratando de definirlo como mentiroso.

Cuando Antonia cayó en desgracia, con su recibo de salario logró alquilar un modesto departamento en planta baja, para alojarse con su madre.

Dora nunca cambió de trabajo y el único lujo al que podía acceder era la infaltable barra de chocolate depositada en el carro de compras del supermercado.

Generalmente vestía prendas deportivas, aunque el recorte de los gastos incluyó la membresía del club, al no poder solventarlo.

Los vecinos cuentan que al pasar por la acera pueden verlas a través de la ventana jugando a las cartas y paradójicamente, ellas lo hacen con los naipes y fichas de plástico que les quedaron de recuerdo del casino.

Olga nunca cesó en la búsqueda de un candidato para su hija y jamás reconoció su ayuda económica ni que las comodidades de esa lujosa residencia para personas de su edad, donde habitaba, eran abonadas con el dinero ganado por Miriam. Cada mañana, hasta el día de su muerte, siguió escuchando en la radio los avisos necrológicos.

A su velatorio solo asistieron: algunos vecinos y Miriam con su amiga. En ese lugar al que tantas veces frecuentó, dos mujeres desconocidas para todos los presentes, parecían seguir su ritual. La mayor de ellas, entre lágrimas, comía y bebía café sin control señalándole a la menor donde estaban los hombres solitarios.

Carmela siempre disfrutó junto a Pedro el desarrollo de sus hijos y logró presenciar cuando ambos terminaron carreras técnicas en el instituto de formación local. Con el apoyo financiero recibió de Raquel. También los vio afianzarse cuando fundaron una empresa de jardinería.

En su vivienda familiar todos se esmeraron en mantener intactos los macizos plantados por Sara. Cada primavera, florecían esplendorosos.

Los ancianos disfrutaban de esa área, viendo a sus nietos corretear por la acera, que ellos transitaron desde sus jóvenes años.

Carmela, recordando lo sucedido a su madre, se apresuró en adquirir un panteón familiar y, allí ubicó a su "mamita" Sara sabiendo que no muy tarde la acompañarían.

En una de las paredes de la vivienda pendía el cuadro que pintó aquel enfermero de la clínica donde falleció su hermana. Dolores nunca llegó a verlo ni a abonarle por el mismo, porque el día que se lo llevó, sucedió el fatal desenlace.

Una vez al año ella visitaba el cementerio, cargando un ramo de flores que repartía entre las tumbas de Raquel, Horacio, Dolores, su cuñado Ramón y Sor Guadalupe.

El final del recorrido estaba reservando para el lugar de Sara, allí rezaba por varios minutos.

Finalmente, ajena a la crítica pública, Miriam tomó su decisión, y se mudó a un apartamento en la capital para vivir en pareja con su mejor amiga.

Antes de hacerlo ella se lo confesó a Olga, pero ella no aceptó esa realidad y una vez más se negó a conversar del tema.

Miriam avanzó en sus estudios académicos, convirtiéndose en una renombrada socióloga. En los congresos a los que acudía, ella defendía su teoría de que los derechos de los niños no estaban correctamente contemplados en la justicia ni en la sociedad.

Detrás de su silla de oficina, la pared ostentaba -de piso a techo- lo que comenzó como un deseo curioso y lo convirtió en una pasión. Cuando ella hablaba a sus pacientes sobre la búsqueda de la felicidad, les mostraba esa colección de autos de juguete, destacando en el centro con iluminación especial el adquirido junto su padre.

Al contarles la historia de su procedencia, les remarcaba que, no se debe resignar el sueño de ser feliz, aunque el objetivo del deseo no sea satisfactorio o no se ajuste a los planes de otros.

Con el patrocinio de una editorial Miriam publicó su primer libro en formato novela donde recopiló sus pensamientos críticos, inspirado en los dos tés donde acompañó a su madre y en sus propias vivencias.

A ese trabajo lo tituló:

"El té de las progenitoras"

EL TE DE LAS PROGENITORAS

Agradecimientos

Me reconforta que te hayas detenido a leer esta sección tan importante para un autor.

Te cuento que este libro fue leído previo a su publicación por un entusiasta panel de lectura.

Gracias Celso Elorz, Fabián Schamis, Ana Herrera, María del Carmen Marteluna y Alfredo Tedeschi por asumir ese desafío.

En esta historia incluyo sutilmente un personaje que cobrará importancia en una futura novela y para definir detalles del personaje, recurrí a un destacado profesional como lo es el Dr. Alfredo Prego. Por su vasta experiencia él me facilitó los argumentos técnicos precisos para otorgarle esa cuota de realidad que verán ampliada en un nuevo trabajo.

Después de conocernos por más de treinta años es gratificante contar con la reseña de un amigo que, si bien su profesión es en otro rubro, espero convencerlo de mostrar al público sus propios escritos y pinturas.

Gracias Dr. Alfredo Tedeschi Hierro, por esto y mucho más.

La música del book tráiler es una creación del maestro Clive Nolan. Gracias Clive por haber captado la escancia de cada personaje

Y finalmente agradezco a mi familia por ayudarme a organizar la agenda cotidiana y así encontrar los espacios para seguir escribiendo estas historias.

¡Hasta el próximo!

Elizeth

Índice

PRÓLOGO 7

CAPÍTULO I 9
    PARTE I 11
    PARTE II 21
    PARTE III 29
    PARTE IV 35
    PARTE V 43

CAPÍTULO II 49
    PARTE I 51
    PARTE II 59
    PARTE III 61

CAPÍTULO III 67
    PARTE I 69
    PARTE II 89
    PARTE III 95

CAPÍTULO IV 105
PARTE I 107

CAPÍTULO V 115
PARTE I 117
PARTE II 135

CAPÍTULO VI 143
PARTE I 145
PARTE II 159

CAPÍTULO VII 165
PARTE I 167
PARTE II 173

CAPÍTULO VIII 179
PARTE I 181
PARTE II 187

CAPÍTULO IX 191
PARTE I 193
PARTE II 203

CAPÍTULO X	211
PARTE I	213
PARTE II	223
CAPÍTULO XI	229
PARTE I	231
PARTE II	239
PARTE III	243
PARTE IV	253
PARTE V	257
EPÍLOGO	265
AGRADECIMIENTOS	279
ÍNDICE	281

Made in the USA
Columbia, SC
10 November 2018